大久保典夫

大衆化社会の作家と作品

至文堂

目次

装幀／安藤　聡

第一部　情報化社会と文学

I 純文学の死

一 『岸辺のアルバム』の意味

わたしが戦後の日本社会の革命的ともいえる変質を身近に感じたのは、山田太一が「東京新聞」に連載していた「岸辺のアルバム」がテレビのホームドラマとして放映されたときだった。一九七七年（昭和五二）のことで、平凡な家庭の主婦の不倫を描いたこの小説が、ドラマ化され一般家庭の茶の間に入ったという事実は、それを受け入れる側に不倫への関心ないし欲求が潜在化していたということだろう。

しかし、「岸辺のアルバム」の問題点はそれだけでない。この物語は、崩壊寸前の家族の家（マイホーム）そのものが多摩川の決潰によって消滅するまでを描いているのだ。アメリカ占領軍による戦後の民主化は、農地改革と女性解放という二本柱で始まったといえるが、山田太一は明らかに戦後の民主化がもたらした負の側面――家庭の崩壊劇を通して家族とは何なのかへの問いを発している。

多摩のニュータウンのマイホームに住んで十数年。田島家の当主謙作（四十五歳）はさる商社の繊維機械担当部長で、二階建の家（実は建売）を三十代で建てたことを誇りにしている。妻の則子（三十八歳）は、謙作の帰りを十二時まで待つ家庭的な主婦だが、私大英文科一年の娘律子と高校三年で受験を控えている息子繁を送り出せば、洗濯機と掃除機で家事を片付けるだけで、暇を持て余している。そこへ十月のある日、家庭調査というかたちで見知らぬ男から電話がかかり、奥さんを街で見掛けお話ししたかったという北川と名乗る男の声と音楽の話に魅せられて、渋谷の喫茶店で逢引きを重ねるようになり、ついには北川の浮気の提案に乗ってしまう。戦後の女性解放の悲惨な結末を、いわば象徴的な手法で描いた純文学の名作に小島信夫の「抱擁家族」(「群像」昭和四〇・七)があるが、それから十数年後に書かれた「岸辺のアルバム」では、登場人物が個性的で人物造型も確かな前者と違い、登場人物はそれぞれ役割を荷《にな》った〈型〉として描かれている。「岸辺のアルバム」の登場人物の類型化は、作品自体が大衆小説だからということではなく、作者の意図と時代の要求のもたらしたもの、と考えた方がいい。

いちおう「岸辺のアルバム」の筋の展開を見ておくと、この小説が、平凡だが美人の主婦の則子にかかってきた一本の電話から始まるのがすこぶる印象的だ。一九七〇年代から八〇年代にかけて、「私」(芸術家・孤独)と「世界」(市民・群衆)との関係式に逆転がおこり、選良にとってはただの俗物にしかすぎなかった一主婦にもハングリー(飢え)からサースティ(渇《かわ》き)へという内面の変化が顕在化した点が、不倫願望を呼んだといっていいだろう。たしかフロベールの『ボヴァリー夫人』だったと思うが、少女時代からのロマンティックな夢を忘れられず、凡庸な田舎医者との生活に退屈して物想いに耽るエンマに対し、私のように忙《せわ》しなく働いていればふさぎの虫などにとりつかれませんわ、奥様、と下女が話しかける場面があったが、一九六〇年代以後の高度成長に翳《かげ》りが見えだしたといっても、七〇年代・八〇年代の物質的な豊かさが、会社人間の夫に無視されつづけてきた妻の内面に、満たされぬ渇きを生んだといえよう。

「岸辺のアルバム」で崩壊に瀕《ひん》した家族の絆《きずな》を取り戻そうとひとり気を揉むのが、成績は中以下だが気のいい息子の繁で、塾の前のハンバーガースタンドで、友人の沖田から母親の則子が渋谷の喫茶店で「いい男」と逢っていた、と聞かされる。相手は北川徹《とおる》という三十五・六歳の妻子持ちの男で、則子は北川とひと月十二回も電話で長話をし、渋谷の喫茶店へ出掛けていた。繁はまず母が北川と逢引きしていたという渋谷の喫茶店を訪ね、ひと月まえから何度も来ていることを、マスターの老人から訊き出す。そして二月、母を尾行し、「アルハンブラ」というラブホテルに入ったのを確認、角から見張りをつづけ、前後して出てきた二人が、宮益坂で別れるまでを見届ける。

ところで、北川と則子の〈浮気〉の契約だが、八〇年代に超ベストセラーとなった村上春樹『ノルウェイの森』上・下（昭和六二刊、講談社）に描かれた「僕」の先輩で後に外務省入りする永沢のゲーム感覚と何となく似ていないか。永沢は私大生の「僕」と寮で一緒の東大法学部学生で、ハツミさんという恋人がいるのに、休日は「僕」を誘って盛り場でガール・ハントを重ねる。永沢が「外務公務員採用一種試験」に合格し、ハツミさんと「僕」が呼ばれて、フランス料理店で就職祝いがあるが、その席上で永沢さんとハツミさんとの間でこんな応酬がある。

「君には男の性欲というものが理解できないんだ」と永沢さんがハツミさんに言った。「たとえば俺は君と三年つきあっていて、しかもそのあいだにけっこう他の女と寝てきた。でも俺はその女たちのことなんて何も覚えてないよ。名前も知らない。顔も覚えてない。誰とも一度しか寝ない。会って、やって、別れる。それだけだよ。それのどこがいけない？」

「私が我慢できないのはあなたのそういう傲慢さなのよ」とハツミさんは静かに言った。「他の女の人と寝る寝ないの問題じゃないの。私これまであなたの女遊びのことで真剣に怒ったこと一度もないでしょ？」

「あんなの女遊びとは言えないよ。ただのゲームだ。誰も傷つかない」と永沢さんは言った。

「私は傷ついてる」とハツミさんは言った。「どうして私だけじゃ足りないの？」

「岸辺のアルバム」でのレコード会社勤務の北川の浮気の提案とは、「お互いの家庭は決してこわさない。絶対に秘密にする。深入りはしない。一方がやめたいといった時は、ただちにやめる」というもの。結局、則子は北川の提案を受け入れ、夫の謙作に対しては「ほっとくから悪いんだわ」と自分に言《い》い訳《わけ》する。

たしかに二人だけで秘密が守り通せれば、北川の提案はゲームのようなもので誰も傷つかない。しかし、永沢のゲームに恋人のハツミさんが傷ついたように、母親の秘密を知ってしまった繁は、傷つきながらも家庭の崩壊の予感が先に立って、自分のことしか考えていないエゴイストの姉だが、せめて姉の律子にだけは、母の浮気の事実を打明け、もう少し家の者にも関心を持てといってやろうと思う。早速、姉の部屋に入ってそのことを告げ、反応はどうかと外に出て、ドアに耳をつけていると、姉が泣いている。実は律子はそれどころでなく、付合っていたアメリカ人のチャーリーの部屋を訪ねて、チャーリーから頼まれたという白人の大男にレイプされたのだ。

おまけに姉は妊娠し、繁は、引越して同じ駅に移ってきたという風采は上らないが気安い堀先生に姉を紹介し、相談相手になってもらう。多摩川の川べりを歩きながら、中絶をするので、一緒に病院に付添ってくれと、律子が堀先生に頼んでいる。

「ひどい家だった。家には浮気の母がいて、姉は外国人に遊ばれてしまったのだ」。オヤジは一体何をしているんだ！家族を放っておきすぎる、と繁は心の底から腹を立てる。実は父親謙作の商社――繊維機械部門は危機的状況にあって、差し当たり「儲《もう》かる事なら、なんでもやれ」と指示が出ていた。折よく、会議のため帰国した同期のニューデリー支局長の深沢に、医療用医薬を受注させるための、医師・大病院へのくい込みの難しさをこぼすと、難しいならこの「物件」をだしに使え、といわれる。深沢の言ってきた「物件」とは、解剖用の死体だった。

父謙作への憤激から父親を尾行し、早朝十時、品川の外貿埠頭で「荷」の通関に立ち会い、トラック五台で去った父の仕事が、ガードマンの話で、冷凍用トラックを使い輸入した人間の死体を十体ずつ別々の大学に運んでいったことを繁は突止める。予備校へは行かず昼ごろ家に帰って、父が解剖用の死体を輸入している事実を母に話すと、彼女は医学のために必要だという。深夜十一時すぎに帰ってきた父謙作が、繁を呼びつけ、「お父さんは、自分の仕事に誇りを持っている」と切り出したことで繁の怒りが爆発、姉のレイプ妊娠と中絶、母の浮気の事実を暴露し、「誇りを持てるだと。死体を輸入して誇りを持てるだと？」と父に逆襲する。謙作が繁に殴りかかり、繁が反撃、謙作は階段脇の柱に背中をぶつけ、動けなくなった父の謙作にさらに馬乗りになって、繁はなおも謙作の頭や顔を殴りつづけた。父に呼ばれて再度現われた繁は、もう大学へは行かない、明日から働く、という。死体のおかげで大学へ行くのでは何をわめいたって格好がつかないからな。謙作は脊椎分離症の坐骨神経痛で動けなくなり、繁は川向うのアパートに入り、横浜のハンバーガースタンドで働くようになる。

この一家が全員顔を合わせるのは、九月一日、台風十六号の襲来で多摩川の堤防が決潰し、近所の中学校の体育館に避難して以後で、流失寸前、かつての家族団欒の記念のアルバムを運び出したのは繁だった。終結は、田島家が都営狛江アパートに移り、子供たちの働いたお金と親たちの金とで、二子玉川で中華料理の会食をする場面で、かつての一家団欒が甦ったような幸福感があった。律子も単純な明るい娘になって堀先生と結婚することになり、繁にも恋人が出来る。謙作の神経痛もほとんど消え、彼は会社の希望退職者の募集に応じようと思う、といい、則子に再出発を誓うのだ。

戦後の家父長制の崩壊を一挙に促進させたのが、一九七〇年代以降の情報化社会の出現で、村上龍の書き下ろし四九一枚の近作『最後の家族』(平成一三刊、幻冬舎)は、家族関係の断絶、孤立化をさらに押し進めて、〈引きこもり〉と家庭内暴力《ドメスティック・バイオレンス》の問題を中心に据え、家庭内成員(家族)の自立の過程を描いている。この小説はよく調べて書かれていて、その点ではブッキッシュな実験小説といってよく、登場人物の類型化は「岸辺のアルバム」より徹底している。家長の内山秀吉は中小企業の営業部長で、きわめて家庭的な男。秀樹が生まれたとき、どんなことがあっても家族を守ろうと決意する。しかし、その長男の秀樹は都内(内山一家は所沢在住)の二流大学へ入ったが中退し、一年半後、部屋に引きこもってしまう。主婦の昭子は四十過ぎで、秀樹のことで精神科医竹村を訪ね、そこの改築工事をしていた十三歳若い大工延江清と知り、肉体関係は持たないが逢引きを重ねるようになる。また、引きこもりの親の会（NPO）に参加し、各人が独立して生きようと決意したとき、そこで働こうと思う。娘の知美は高校三年で、かつて〈引きこもり〉だった二十八近い近藤という宝石デザイナーと知り、駅のトイレで私服に着替えては近藤と会う。

私見では、一九七〇年代後半から八〇年代へかけてが、工業化社会から情報化社会への社会構造の転換期で、工業化社会の生んだ核家族の家庭内成員をバラバラにしたのは、外《ほか》ならぬ情報の強力な作用以外の何物でもない。この情報の圧力が私の内面を均質化し、私の領域がさらされることで、私の存在意義（独自性）を見失わせてしまったわけで、いわば〈引きこもり〉は私の社会化への最後の抵抗、私の領域（城）の主張とも取れる。

しかし、人は外部を遮断し孤立に耐え切れるほど強くないので、秀樹には母親の昭子という保護者が必要だし、父秀吉の経済力も必要だ。つまり、自立できない子供という意味で病者であり、社会に引き出されねばならないわけだが、彼自身は窓に黒いケント紙を貼り、カメラの望遠レンズの大きさの直径10センチほどの丸い穴をあけ、外部世界とつながっている。秀樹の家庭内暴力を避けて、秀吉は所沢のビジネスホテルへ泊っているが、ある朝、向いの家で若妻（ユキ）の髪をつかんで引きずっている柴山を覗き見して、自分のことは棚に上げ、秀樹は〈ドメスティック・バイオレンス〉に関心を持つ。柴山は秀樹に覗かれているのを知って早速抗議にやって来た。柴山というのは、資産家の薬屋のボンボンで、親のコネで広告代理店に入り、九十坪の敷地に注文建築で家を建てたという。秀樹はカメラをセットし、勝手口がないので、門を監視する。ユキを救うには、あいつ（柴山）が家を出るところを確かめる必要がある、というわけだ。

ある夜中、家を抜け出し街の散歩を楽しんだ秀樹が、柴山家の塀を乗り越え庭内に侵入し、建物の中の明かりがすべて消えているのを確かめて、躰《からだ》を低くしてしばらく進むと、すぐ横の植え込みの陰に裸の女がうずくまっている。「月明かりと街灯に照らされた女は、自分の膝《ひざ》を抱え込むようにしてうずくまり、放心したように目の前の地面を見ていた。長い髪が背中に垂れていた。明け方ファインダーの中で見た女だと思」い当たる。秀樹は女に近づいて、スタジャンを肩から掛けてやる。女は指を震わせながら、何かを掴もうとしているようだ。秀樹はその指を両手でそっとつかんだ。すると女はものすごい力で、秀樹の手を握り返してきた。スタジャンの下からふくらはぎと尻のラインが見えた。

「ユキ、寒いだろう。反省したか？」

突然、玄関が開いて男の声がした。秀樹は女の手を振り払い、逃げだした。誰だ？男の声が聞こえたが、振り返らなかった。

他人のことは放っとけばいい、だから俺のことも放っといてくれ、というのが秀樹の〈引きこもり〉を支える基本原則だったが、ユキのことは放っておきたくなかった。俺の手をしっかり握り返したユキ。ユキの尻とふくらはぎのライン。秀樹はユキのことで、関係機関（市の救済センター。民間のシェルター。弁護士）に電話を掛けはじめる。

以後、秀樹は、柴山の家の監視と、ユキを救出する方法を考え実行することを第一義とし、柴山が、平日は午前八時半から九時半のあいだに家を出ることを確かめる。そして花束を買い花屋を装ってユキの家を訪ねると、現われたユキは顔が腫れて歪んでいる。ガラス玉みたいな目。

「あなたはご主人から暴力を受けているでしょう?」ユキは凍りついたように動かない。秀樹はゆっくりジャンバーを脱ぎ、ユキの後に回り、そっと肩にかけてやる。「思い出した? いつか庭で会ったでしょう。夜の庭で」ものすごい存在感があるのに反応が返ってこない。しかし、やがてユキは「これ」と言って花束を秀樹に返す。「殺されちゃうから」。肩を揺すってジャンバーを脱ぎ、それも秀樹に返す。秀樹は救援機関の連絡先を書いたメモをユキの手に握らせ、

「逃げなきゃダメですよ。家を逃げ出したら、その紙に書いてある電話番号に電話してください」

部屋へ戻って弁護士に電話をし、イブの日の午前十時、田崎弁護士と会う約束をした。相談料五千円。そして大学をやめてから初めて、都内に出掛け、紀尾井町の田崎弁護士の事務所を訪ねた。

その三十代後半の女性弁護士に、柴山ユキに対する秀樹の立場は、DV(ドメスティック・バイオレンス)の加害者に似ている、と指摘されて、秀樹はびっくりする。そして、DVというのは、救うとか救われるとかいうことでは決して解決しないこと。結婚でも同棲でも、女性がその家を出るというのは大変なことで、自分は家を出るんだという自覚が必要なことを諭される。そして、自分を救ってくれた母昭子の話になり、「おかあさんは、あなたのためにいろいろな人と話すうちに、自立したんじゃないでしょうか。親しい人の自立は、その近くにいる人を救うんです。一人で生きていけるようになるこ

と。それだけが、誰か親しい人を結果的に救うんです」と教えられる。秀樹は法律の勉強をしたい、と母昭子に告げ、司法試験を受けるための専門学校の学費を捻出するために、カメラと三脚は、ネットのオークションで売ることにした。窓の黒い紙が剝《は》がされる。

一方、秀吉の会社は買収、吸収され、全員解雇ということになる。これで家のローンは払えなくなり、家を手放さざるをえない。それは家族を見捨てるということで、そう思ったとき、自殺という文字が秀吉の頭をよぎる。

家が売れたのは二〇〇二年四月。ローンと相殺して残った金は八百万で、全額、昭子が新しく開いた口座に振り込まれた。秀吉は故郷の中之條に帰り、小さな喫茶店を開くことにする。その年の暮れ、イタリアに渡り家具の工房でアルバイトをしていた知美が、ビザの更新で帰ってきて、昭子は、知美と秀樹の三人で、川沿いの温泉街の外れにある完成前の喫茶店を訪ねて行く。店には改造工事の人がいて、もうお客さんが来たのかい、といわれ、秀吉は照れて、それでもうれしそうに、「おれの、家族なんだよ」と言った。家族の成員は、それぞれ自立して実体はないのに、それをあえて〈家族〉と呼ぶ秀吉の旧時代的感覚が利《き》いていて、悲惨にして滑稽というユーモアが最後に生きた、と思うのはわたしだけだろうか。

二 〈新都会派文学〉の誕生

「文学界」一九八七年（昭和六二）二月の座談会「芥川賞委員はこう考える」の冒頭には、こういう編集部の意図のようなものが掲げられている。

「純文学の不振」という言葉は、いまや手軽にいわれすぎて固定観念のようになってしまったが、同時に近頃では「日本文学の流れの断絶」ということが人びとの口の端にのぼるようになった。

座談会はまず、芥川賞候補になるような新人作家たちの文章力の低下、日本語の語学力の「ガタ落ち」という指摘から始まり、「日教組と文部省の両方の罪、積年の罪がここへ表面化してきたんじゃないか」（開高健）という国語教育に対する批判となり、さらに文壇に徒弟制度がなくなったこと、しかし徒弟制度はなくなっても、これまでの作家は先輩作家の作品は読んできた。「ぼくは、佐藤さんの弟子になったわけじゃないんですよね。だけどやっぱり、『都会の憂鬱』とか『田園の憂鬱』読んでて、遥かに上の力の人がここにいるっていうことは感じたね」（吉行淳之介）といったふうに展開する。

もちろん他にも「私」の問題とか、小説作法の問題とか「日本文学の流れの断絶」が具体的に述べられているのだが、どの選考委員（他に、水上勉・三浦哲郎・田久保英夫・古井由吉）も、「断絶」の原因そのものについて深刻に考えていない。

その点で、問題そのものの本質を正面から受け止めたエッセイとして、わたしが主宰していた「文学と教育」第14集（昭和六二・一二）に寄稿された森川達也「現代文学の終焉」を取り上げ、この問題について私見を述べておこう。

森川氏はこのエッセイで、「かつて私は現代文学の起点を敗戦の時点に求め、それ以後に展開された戦後の文学全体を、現代文学としてとらえようとしたことがあった」が、今は「むしろ、近・現代文学全体の終焉、ととらえてもらうほうが、事態の意味が、いっそう明瞭にとらえられるのではないか、とさえ、私は思っている」と書いている。そして、かつて彼じしんが主宰した「季刊　審美」（昭和四〇・一二〜四八・一二）の文学運動について、「近代リアリズムから現代反リアリズムへ」の主張を掲げたが、それは単に新しい文学としての反リアリズムを待望する、というものでなく、あくまで、近代日本文学の主流となって展開されてきた「近代リアリズム」を媒介としながら、それを否定して新しい「現代反リアリズム」を確立すること。言い換えれば、この運動はあくまでも「否定的媒介」を本旨とすることを意図したものであったし、またその意図は当然のこととして、大方の文学者に受け容れられたように思う、とつづけている。

つまり、「否定的媒介」とは、旧文学の主流となった坪内逍遙『小説神髄』（明治一八〜一九刊）以来の「近代リアリズム」の在りように、「徹底的にかかわる」ということだ。われわれの先覚者たちが、百年の歳月をかけて営々として築きあげてきた文学の理念、価値、意味、目的、その他いっさいの在りように、徹底的にかかわる、ということだ。それが「否定的媒介」ということの本質であり、そのことを通してのみ、新しい文学の創造が可能であるはずだ、誰もがそう考えてきた。ところが、戦後四十年の経過の後に現われた新しい文学世代の全体からは、文学創造の根本方法となるべき「否定的媒介」の思想が、ほとんど全く見失われている。「若い世代が示す最大の特徴は、書き手の側も、読み手の側も、これまでの文学全体の在りように対して、全く無関心である、ということだ。換言すれば、『否定的媒介』の考え方を、全く欠落させていると同時に、その事実に何の痛痒も感覚していない、ということだ」。

そして森川氏は、こうした事態の現出を、一九四五年（昭和二〇）の「敗戦」に深く由来している、というのだが、確かに「敗戦」による〈家父長制〉の崩壊が大きく関わるにしても、農本社会から工業化社会へ、そして情報化社会へという社会構造の転換が決定的な役割を演じているのではないか。「日本文学の流れの断絶」というのが衝撃的なかたちで意識されたのは、「海燕」一九八三年（昭和五八）六月号に載った島田雅彦の「優しいサヨクのための嬉遊曲」と同誌八月号の「カプセルの中の桃太郎」で、この二作は福武書店刊行の『優しいサヨクのための嬉遊曲』（昭和五八刊）に収められ、磯田光一が早速「すばる」（昭和六〇・六〜六一・七）に「左翼がサヨクになるとき」を断続連載、旧左翼陣営から激しい批判が続出した。さきに挙げた単行書の奥付によると、島田雅彦は一九六一年、つまり例の安保騒動の翌年の生まれで、四歳のとき川崎市に移り、県立川崎高校から東京外国語大学のロシア語学科へ進み、現在四年在学中とある。出生地は東京。「優しいサヨクのための嬉遊曲」の千鳥姫彦の「千鳥」とは、逢瀬みどりと「千鳥足の恋」を始める主人公の寓意で、この「青春小説」「左翼小説」のパロディ、モジリ小説で唯一のストイックな心性の持主といわれる「無理」にしても、農本的共同体の代理形成としてのムラ（党）の鉄の規律に殉じた旧左翼とは異質の価値観に生きている。実はこのふたりが「六〇年代に生まれて、八〇年代に大学生になったわけだから、出遅れた左翼学生とでもいうか、そんなケチな野郎」の対蹠的な二典型で、家庭的なのが宿命という千鳥は、変化屋になったわけをこう説明する。

宿命ってのは、要するに僕が六〇年代に生まれたことに原因の多くはあるんだ。僕はベットタウンに生まれたんだぜ。……僕は最初のベットタウン二世だ。つまり、ベットタウン（のマンション―大久保注）に移ってきた僕の親が一世でその子が二世ということなの。親はサラリーマンだから子もサラリーマンの世襲をするのが相場だよ。東京近郊に住んでればよっぽどの理由がなきゃサラリーマンになるよ。ホワイトカラー層が増えれば保守化するだろうね。それは家庭的な人間が増えるからしょうがないけど。でも、変革もやはり同じ階級の人間がやるべきだぜ。やっぱり、そう思うからこそ変化屋になったんだよ。

一九八〇年一月二十二日のソ連軍のアフガニスタン介入、サハロフ博士の国内流刑がきっかけで、なまけものの意味の〈レーニン〉を名乗る外池《といけ》が中心で、ソ連の反体制運動を研究するサークルを作った。日本には、やがて右翼も左翼も相対化する市民運動が起こる、と信じ、イデオロギーは不要で、必要なのは、節度ある優しさと知識だという。一方、田畑、石切、無理の三人は、「社会主義道化団」をつくり、欺瞞的な社会主義や社会主義に泥を塗った権力者たちを、馬鹿にして遊ぶゲームに熱中する。とくに注目されるのは無理で、その名のごとく、彼は帰れる所には帰ろうとしない男。「故郷もへったくれもあるか」と宣言した。彼の故郷は観光地で、捏造されたふる里のイメージでぬりたくられていた。彼は故郷を捨てる理由をそこに見いだしたのだ。そして過去と親を捨てて渡世人になることに〈かっこよさ〉を覚えた。

有り金を使い果たした無理は、女が裸になって大金を稼げるように、男も裸になれば何とか稼げる、と考え、ホストクラブに勤める。名前は順一。国際政治学専攻の学生と名乗る。アルコール焼けの四十男に指名され、ホテルに行く。バーで男と会話、部屋に入る。（ズボンを脱ぐのに理由はない。強いていえば、われわれサークルのためだ）（お尻を貸すのと引換えにもらえる金で機関誌用の紙と原紙が買えるではないか）

「口と肛門、どっちがいい」と客がたずねた。

「僕はホラなら多少吹けますけどね。尺八は吹けないんですよ」

傍線部は、「舌切り雀」（着た切り雀）といった類のいわゆる地口で、近世戯作の滑稽本などが好んで用いた手法だ。文体の軽さ、類型化の徹底、風俗の抽象化など、島崎藤村の『破戒』（明治三九刊）以後の近代リアリズムとほとんど対蹠的だろう。

初体験後、無理は母親の顔を思い浮べた。今年、五十になる。五十三の父親の顔を並べてみる。（よし大丈夫だ。何とも思わん。俺はさすがだ。出世できるぞ）

相手の男は「ヤクザな自衛官」だといい、「これ、取っといてくれ」といって、翌朝、五万円くれた。

「これからもつき合ってくれるね」「はい」

このとき、相手はただの客から、サークルのパトロンに変身したわけだ。

無理はズボンを脱ぐことによって、左翼市民運動の旗手になろうとした。そして洗礼を受けて、献身的な活動家になった。

サークル会議で、無理がバッチの訪問販売を提案、金はパトロンに出してもらうことにした。ソ連自由化運動の象徴的存在、サハロフ博士の顔を鎌と鎚とペンが支えているバッチで、五百個つくり、三百個はすぐに売れた。

外池は、国際的な人権擁護集会に招待されてスピーチを行なって以後、ただの〈めでたい奴〉から〈国際派〉になった。彼は大学を卒業し、フランスに私費留学。パリの亡命ロシア人たち（反体制ロシア人たち）の何人かはユマニスト・トイケの名を知っており、彼はパリでそれらの人びとと直接接触し、ソ連についてのあらゆることを学ぼうと決心したわけだ。外池の同期の何人かは就職し、あるいは大学院にすすむ。一方、父親という恋敵が与えた名前を嫌って「バージニヤ」と呼び、彼女を略奪することを社会変革と見なすようになった家庭的なサヨク活動家の千鳥姫彦は、最終目標を彼女のお婿《むこ》さんになることに決める。サークルよりバージニヤを選んだ千鳥は、サークルをやめ、その離脱に首をかしげたサークル員たちに、次のようにいう。

僕は自分が正しいことをやっているという確信みたいなものをなくしたよ。市民運動という運動の形式にも限界があるし、第一、ロシアの市民のためになっているかというとその保証はないじゃないか。おせっかいかもしれないじゃないか。

無理はホストクラブで売れっ子になり、金回りもよくなった。社会主義道化団の石切や田畑も、無理の誘いでクラブに入り、無理が外池の後継者になった。「ロシアはアジア、日本の兄弟」。無理がヤキトリ屋で叫んでから、サークルの公式方針となった。そして宣言としてまとめ、パンフレットとして大量に印刷。こうして〈赤い市民運動〉は密室から街頭へ飛び出した。

一方、千鳥はオーケストラに入団し、高校時代に吹いていたホルンを再び手にする。これで、団員のバイオリン弾きのバージニヤと毎日逢えるようになった。

千鳥がオーケストラの練習室に行くと、バージニヤがモーツアルトの嬉遊曲を練習している。幸福に満ちたメロディの永久運動に身をまかせようと、千鳥、第六楽章のロンドのように生きることに決める。——みどりとの恋愛も赤い市民運動も終わりのないダンスとして、徹底して相対化されているのだ。磯田光一（「左翼がサヨクになるとき」）は、この小説の構造を要約して、「ここではゲーム化した〝サヨク運動〟と、メルヘンじみた恋愛とが、相互に置きかえ得るものとして、しかも相互に滲透しながら展開している」と書いたが、それは千鳥姫彦を軸としての話で、〈サヨク小説〉としてこの小説を考えた場合、千鳥と無理の対比において、〝転向〟〝非転向〟への風刺、するどいパロディ化が見られるのである。

もう十五年まえになるが、頼まれて「現代文学の過剰と貧困」（「公明新聞」昭和六三・一一・一五）という文章を書き、レトリックとして風俗をとり込んで行くこと、それが作者の凹型の自我構造とそのまま対応している点で、村上春樹や島田雅彦、『優雅で感傷的な日本野球』（昭和六三刊、河出書房新社）で三島由紀夫賞を受賞した高橋源一郎らの〈新都会派文学〉は、「金色夜叉」「たけくらべ」などの自然主義以前の明治の小説と驚くほど似ていると思った、と書いた。

一九〇六年（明治三九）の藤村『破戒』にはじまる日本の近代リアリズムは、典型的なエゴの文学であって、天皇制のヒエラルキーのもとでの硬質な家父長的社会の仕組みのなかで、凸型のエゴは生きるための悪戦苦闘を強いられた。いかに生くべきか、が一九世紀ヨーロッパ文学を受け継いだ日本の近代文学の重い主題であったが、六〇年安保以後の農本社会から産業社会への社会構造の転換に対応する自我の弱小化は、辛うじて風俗を取り込むことによってリアリティを持ちえたといえる。これら現代文学の状況については、「附」として最後に載せた「近代リアリズムの展開と変質」にくわしい。

この長篇評論で、わたしは、近世戯作から最近の新人作家までを視野におき、純文学概念の成立と崩壊、一九七〇年代後半以後の情報化社会における文学（おもに小説）の新たな動向について考えることにする。これが文学史家として出発したわたしの責務であり、おそらくこの分野での最後の仕事になろう。

Ⅱ　芥川賞の新人小説

一　「私」の風俗化

「文芸春秋」二〇〇四年三月号に発表された「第130回芥川賞」受賞作の金原《かねはら》ひとみ「蛇にピアス」、綿《わた》矢《や》りさ「蹴りたい背中」の二作は、作者が十九歳と二十歳の史上「最年少芥川賞作家の誕生」とあって、かつての石原慎太郎「太陽の季節」（第34回、昭30下半期）や村上龍「限りなく透明に近いブルー」（第75回、昭51上）をはるかに凌ぐ大きな反響を呼んだ。とくに、団鬼六のSM小説の系統の耽美小説「蛇にピアス」について、「ピアスが象徴する現代の若者のフェティシズムが主題となっているが、私には現代の若もののピアスや入れ墨といった肉体に付着する装飾への執着の意味合いが本質的に理解出来ない。選者の誰かは、肉体の毀損による家族への反逆などと説明していたが、私にはただ浅薄な表現衝動としか感じられない」（傍点大久保）という石原慎太郎の「選評」がつよく心に残った。

というのは、「太陽の季節」の例の陰茎による障子破りに象徴される肉体文学について、佐藤春夫が「選評」で全否定していたことの論旨と石原説がまったく同じなのを面白く思ったのだ。

僕は「太陽の季節」の反倫理的なのは必ずしも排撃はしないが、かういふ風俗小説一般を文芸として最も低級なものと見てゐる上、この作者の鋭敏げな時代感覚もジャナリストや興行者の域を出ず、決して文学者のものではないと思ったし、またこの作品から作者の美的節度の欠如を見て最も嫌悪を禁じ得なかった。(「文芸春秋」昭和三一・三、佐藤春夫「芥川賞選評」)

小説が今日の問題をテーマとする以上、風俗を描くのはいわば不可避で、日本の近代小説には、尾崎紅葉・泉鏡花・永井荷風・谷崎潤一郎らの風俗小説の名作がある。ところで、「美的節度の欠如」ということだが、二〇〇四年三月十四日「毎日新聞」の「女の気持ち」という投書欄に、藤沢周平の愛読者らしい八十三歳の大出ツナ子なる女性の「芥川賞作品に驚く」という文章が載っていて、筆致も確かなので紹介しておく。

今回、芥川賞を受けたK嬢の作品を知り、その描くところのあまりにも藤沢文学とは対極にあることに仰天した。作者自身が投影されているかと思われる。まだ少女ともいえる年代だが、一人称でためらいなく赤裸々に語る日々の姿と心。私は戸惑い、読後もやり切れない気持ちの処理に困った。……文学はどんな世界を描こうと作者の自由だが、表現に品位と香気を欠いたときは、単なる興味本位の読み物に堕してしまうのではないか、と。

正直にいえば、「舌にピアスをして、その穴をどんどん拡張していって、残った先端部分をデンタルフロスや釣り糸などで縛り、最後にそこをメスやカミソリで切り離し、スプリットタンを完成させる」という「身体改造」と平行して、背中に龍と麒麟の刺青《いれずみ》を彫る、それに加えて、「太陽の季節」の障子破りなど比でないSM小説まがいの露骨な性描写に、老書生の筆者なども辟易したひとりだ。かといって、この小説が文学になっていないか、といえば、「蹴りたい背中」と同様、日本の近代小説の御家芸といっていい私小説の形式を生かして、単なる身辺雑記でない物語としての結構を整えた問題作なので、まず、この小説の筋立てから見てみよう。

主人公の「私」の本名は中沢ルイ。蛇の舌のように先が二つに割れているマッドmadな奴らの一人アマと知り、数日後、蛇男ことアマに案内されてパンクpunkなDesireに出掛ける。その店は繁華街の外れにあって、入るなり目に飛び込んできたのは女性器がアップの写真。ビラビラの部分にピアスが刺さっている。他にも、タマにピアスが刺さっているのや、刺青の写真。中に進むと、ムチやペニスケースまで並べてある。「私から言わせてもらえば変態向けの店」。アマが声を掛けると、カウンターの中から、スキンヘッドで、つるつるの後頭部に丸くなっている龍を彫った二十四、五くらいのパンクな兄ちゃんが現われた。

店長のシバさん（本名、柴田キヅキ）で、彫り師もしている。顔は瞼、眉、唇、鼻、頬にピアスが刺さっていて、手は両方の甲とも一面ケロイドに覆われていた。すべて直径一センチほどの丸で、根性焼きでケロイドを施したんだろう。「全く、狂ってる。こういう人種と関わるのは、アマが初めてだった」。

注釈すれば、和文脈の情緒語に、日本語化した外来語を多用したこの文章は、平安女流文学以来の雅文体の利点を生かしたような所があって、さきのカッコ内の主格はもちろん「私」だが、「私」だからこそ主格なしで文章が生きている。主人公の「私」は、視点人物であるとともに語り手だが、より正確に言えば、視点人物の「私」と不即不離の関係で無人称の語り手がいる、といった方がいいだろう。

この小説の軸になっているのは、「私」と、一緒に暮らすことになる蛇男のアマと、彫り師のシバさんで、一種の三角関係の物語といえる。「私」はアルコール依存症で、毎日昼夜欠かさず飲んでいて、パンクな男なのに、いつも優しく律儀なアマが毎日働きに出て生計を支えている。セックスも正攻法で、「なあ、俺お前の顔見てるとSの血が騒ぐんだ」と最初刺青のデザインを見せてもらったとき言ったシバさんとは違う。「私Mだから、オーラ出てんのかな」。

「私」には、狂ってる、と思いながら、この男になぶられたい、という欲求があって、舌ピにつづけて、背中に四回の刺青の施術をするたび、シバさんに抱かれた。「私」を愛しているというアマが、刺青をするので、シバさんと「私」が二人だけになるのを心配していることはよく知っている。

この小説は、いわば二重構造になっていて、底辺には、まず、日常性の拒否、嫌悪感があり、逆に、暗黒世界への逃避・陶酔がある。このかなりフィクショナルな私小説の底にあるのは、「私」の感慨・心境なので、この小説が生きているのは、全編に通底する〈哀しさ〉なのだ。

その点で、「私」小説といえるのだが、この小説の面白さは、その外枠に物語としての〈事件〉を仕組んでいることだ。シバさんとの性交時の次の会話は、惨殺されていたアマがレイプされていたという結末に微妙な翳《かげ》を投げかける。

「いいね。お前の苦しそうな顔。すげえ勃つよ」

「マッドなサディストだもんね」

「でも俺、男でもいけるよ。結構広範囲でイケる方だと思うけど」

〈事件〉の発端は、舌ピを始めた直後、仲良しのギャルのマキを誘って、アマと三人で夜の繁華街を徘徊し、安酒場で三人ともベロベロに酔っぱらって、騒ぎながら駅に向かって歩いていると、静まり返ったスカウト通りで、チンピラかギャングみたいな男二人にからまれる。アマが「私」（ルイ）にからんだ二人のうちの一人を倒し、馬乗りになって徹底して殴りつける。微かにサイレンの音が聞こえたので、真っ青になっているマキをまず逃げさせ、アマをせかせて細い路地裏まで走り、公園の水道でタンクトップと手を洗い、終電でアマの家まで帰る。アマは戦利品として相手の歯を二本持ち帰り、「私」がキッチンの水で血を洗い流し、化粧ポーチに押し込む。そのとき、「私」は、もしかしたら相当厄介な男と関わってしまったのかも知れない、と考える。

「コントロール出来ないんだよ。俺って結構温厚な方だと思うんだけど、一回殺してやる、って思っちゃうと本当に殺すまでやらなきゃ、って気になっちゃうんだ」

こいつは人を殺した事があるんじゃないか、と思い、そう言えば、お互いのことを何も知らないのに気付く。

しばらくして、シバさんから携帯に電話がかかり、警察が来て、刺青を入れた客のリストを見せろ、龍の刺青を彫った客を教えろ、と言われたという。アマの事かは分からないけど、俺リストなんて一見《いちげん》の客しか付けてないし、あいつのことでもバレてないと思うけど。

「……アマのことじゃないよ。アマはいつも私と一緒にいたもん」

「そうだよな。ごめん。赤い髪って言ってたから。ほら、あいつ髪赤かっただろ？　だから、ちょっと気になってさ」

アマには、左の二の腕から背中にかけて龍の刺青があった。心臓の鼓動が全身を震わせる。携帯を持っている手も細かく震えていた。人殺しの容疑がかかっているなんて状況、未だかつて経験したことがない。人を殺したかも知れないとき、人は何を思うんだろう。そんなの分からない。だって「私」には未来なんて見えないし、大切な人なんていないし、生活なんて酒びたりでよく分からない。ただひとつ分かるのは、「私」はこの生活の中でずっとアマと一緒にいて、次第にアマを大事に思うようになってきたことだ。

一緒に住み始めてから、帰ってこないことの一度もなかったアマが帰らなくなったのは、話があるとシバさんに呼ばれて、結婚しないかと、ずいぶん曖昧なプロポーズをされた日以後だった。アマは異常なほど律儀な若者で、バイトが延びて遅くなる時はかならず電話をしてきた。「私」は眠れないまま朝を迎え、クマを作る。何かが静かに終わるような、そんな予感がした。

捜索願を出そうかと思い、アマの名前を知らないのに気付く。アマを捜さなくちゃいけない。それなら切り札を使うしかない、と覚悟を決め、シバさんに相談する。

「アマ、人を殺したかもしれないの」

「あの、警察が言ってた暴力団員の……?」

警察署で、シバさんは手際よく捜索願を出し、アマが上半身裸で写っている写真を手渡す。「雨田和《あまだかず》則《のり》さん、ですね」。警察が用紙に目を通しながら言った。「私」は涙を止めることが出来なくなって、冷静なのに、涙腺が故障したように涙を流し続けた。

　やがて横須賀でアマの惨殺死体が発見された。司法解剖の結果、死因は首を絞められたことによる窒息死で、あの暴力団員の仲間がやったのか、と思ったけど、暴力団が、タバコでヤキを入れたり、ペニスに線香を刺したり、そんな足のつくような証拠を残していくだろうか。そのうえ、アブノーマルなところなんて一つもないアマがレイプされていたという。葬式のとき、アマが十八歳だったことを初めて知った。

　アマが発見されてから、「私」はシバさんのところに世話になる。シバさんは気まぐれに何度か「私」を抱こうとしたが、首を絞めても苦しい顔をしなくなった「私」を抱けなかった。首を絞められると、苦しいという思いより先に、早く殺して、と思ってしまう。「私」は、私自身が命を持つために、背中の龍と麒麟に目（瞳）を入れてもらう。シバさんは、もう「私」を犯せないかも知れないけれど、きっと「私」のことを大事にしてくれる。アマを殺したのがシバさんであっても、アマを犯したのがシバさんであっても、もう大丈夫だと「私」は思うのだ。

二　疎外された「私」

　前章で筆者は、八〇年代以後の新都会派文学について、その自我の弱小化は、辛うじて風俗を取り込むことによってリアリティを持ち得ている、といった。「蛇にピアス」の「身体改造」という自傷行為そのものは、実は〈痛さ〉による自己確認であり、それはそのまま〈被殺害願望〉に通じるだろう。

アマがいなくなった日、シバさんにプロポーズされた「私」は、買い物に行ってシバさんが留守の部屋の中で、こんな感想を洩らす。

無気力の中、私は結婚という可能性を考えてみた。現実味がない。今自分が考えている事も、見ている情景も、人差指と中指ではさんでいるタバコも、全く現実味がない。私は他のどこかにいて、どこかから自分の姿を見ているような気がした。何も信じられない。何も感じられない。私が生きている事を実感出来るのは、痛みを感じている時だけだ。（傍点大久保）

浮遊する「私」というべきだろうか。文学史的にいえば、この感性は、座標軸の中心にあって作品世界を統御している志賀直哉の「焚火」（大正九、一九二〇）の主人公「自分」の凸型のエゴと対極にあるもので、綿矢りさ「蹴りたい背中」同様、太宰治的といっていいだろう。

綿矢りさ「蹴りたい背中」も主人公は「私」の一人称小説で、「私」の本名は長谷川初美。高校に入学してから二カ月しか経たない六月のある日の理科室の光景から描かれる。今日は実験だから適当に座って五人で一班を作れ、と先生に言われたが、唯一の頼みの綱だった中学以来の友達の絹代にも見捨てられ、誰か余っている人いませんか、と聞かれて手を挙げた。同じように卑屈な手の挙げ方をしたのが、にな川という男子で、クラスで友達がまだ出来ていないふたりは女子三人組に編入され、皆が使っているパイプ椅子でない、余り物の木製の椅子をあてがわれ、横に並ぶ。

そのにな川は、先生に見つからないように膝の上に雑誌を載せて読んでいて、それも洒落《しゃれ》たＯＬが愛読しそうな女性ファッション誌の同じページを猫背な恰好で見ている。

「私、駅前の無印良品で、この人に会ったことがある」

中一の夏休み、駅前の無印良品に寄って、市役所に撮影に来たスーパーモデル（オリチャン）と連れのフォトグラファの外国人に偶然出会ったのを思いだして言ったことで、にな川の家に誘われる。テレビに冷蔵庫まである一人暮らしみたいな彼の部屋には、学習机の下に大きな蓋《ふた》付きのプラスチックケースがあって、にな川の説明によると、全部オリチャンの載った女性ファッション雑誌が詰め込まれていて、派手なブラウスや指輪などのアクセサリー類、サイン入りのハンカチなどは、読者サービスの抽選やラジオの景品だという。「私」が思わず留め具を外したプラケースは、柔らかい甘い匂いがしたが、にな川はそれらを押し込めるようにして、急いで蓋を閉めた。

夕暮れ、陸上部の部活の途中で、二度目に寄ったとき、「あ、オリチャンのラジオが始まる時間だ。ごめん、聴く」。にな川は素早い動きで押入れからCDラジカセを出し、銀色のアンテナを限界まで長く伸ばし、馴れた手つきで45度くらいの位置に傾け、「私」に背を向けて座り、イヤホンを付ける。彼の社交は幼稚園くらいで止まっているのかも知れない、とそのとき「私」は思う。

何もすることのなくなった「私」の目は、自然にアレに吹い寄せられていく。アレとは、この部屋の心臓ともいうべきにな川のファンシーケースで、蓋を開けると、やはり前と同じふくよかな甘い匂いがした。にな川は振り向いたが、すぐラジオに向き直ったので、あまり音を立てずに中のアイテムを掘り出すと、小さな青い小箱が出てきた。匂いの元はこれだったのだ。みな一様に高級そうな香水が三瓶入っていて、オリチャンが使っているのと同じ香水を買い集めたのだろう、香水にはそれぞれ違う年代が書かれたシールが貼ってある。

他に、膨大な量のファッション雑誌。Tシャツ、靴、お菓子、アクセサリーや携帯のストラップ、本、漫画、サイン入りのバンダナなど、オリチャンに関連したさまざまな袋詰めされた物がある。二重のナイロン袋に入れて密封された赤いブラウスや、年季の入った高校卒業アルバムがあって、付箋《ふせん》のところに少し太めの女の子の写真があり、佐々木オリビアと書かれている。ここまでいくと、ファンのコレクションというより、遺品の詰め合わせみたいで、何か切ない、どこか不気味な感じがする。さらに分厚い青いファイルにはオリチャンに関する大量の切抜きや、生年月日、実家の住所、部屋の間取り図などが書き連ねてあって、情報化社会の怖さを思い知らされた感じだ。

掘り出していった物を詰め直そうとしてケースを覗くと、底に小さな紙が貼りついていて、めくって裏を見ると、オリチャンの顔写真に、（オリチャンの本当の身体とは似ても似つかないだろう）まだ成長し切っていない少女の裸が、セロテープでつぎはぎしてある。

これは無理だ。何よりも大人の顔のオリチャンと少女の身体のアンバランスが、人面犬《じんめんけん》のように醜い。嫌悪とともに何ともいえない感覚が襲ってきた。夏、水泳の時間が終わった後で、はち切れそうなほどHな覗き小屋に変わった更衣室の中での、バスタオルの世界の中で、自分にだけ見えている毛の生えた股の間のいやらしさ。「私」はファンシーケースの中身を手早く整えて、力いっぱい押して机の下に戻した。つぎはぎ写真だけ元に戻さずに。

実際の、生《なま》のオリチャンを知らずに、〝オリチャンから与えられるオリチャンの情報〟だけを集めているにな川。指でつまんで稚拙《ちせつ》な写真を眺めていると、オリチャンへの想いの原型が剝《む》き出《だ》しになっているのが、この、顔はオリチャン、身体は少女の写真じゃないか、と思った。写真をランニングパンツの尻ポケットに入れる。

　にな川は、初めと変わらない体勢で一心にラジオを聴いている。話しかけても、すぐオリチャンの声の世界に戻る背中を真上から見下ろしていると、息が熱くなってきた。

　この、もの哀しく丸まった、無防備な背中を蹴りたい。痛がるにな川を見たい。いきなり咲いたまっさらな欲望は、閃光《せんこう》のようで、一瞬目が眩《くら》んだ。

　瞬間、足の裏に、背骨の確かな感触があった。

「ごめん、強く……叩きすぎた。軽く肩を叩こうとしたんだけど。もう帰るって、言いたくて」

　河野多恵子は「選評」で、「〈蹴りたい背中〉とは、いとおしさと苛ら立たしさにかられて蹴りたくなる彼の背中のこと」と注しているが、実はこの小説は、オタク少年にな川と同類に近い「私」の物語でなく、小倉《おぐら》絹代という普通の高校生が加わることによって劇的展開を見せる本質的には三者関係の物語なのだ。大げさにいえば、その裏側に、「市民（群衆）と芸術家（孤独）」というあの馴染みの図式を見出だすことも可能だろう。

　にな川が四日ほど学校に来なくなって、クラスの派手な女子が彼の机に足を載せ、夏休みを待たずしてうちのクラスから登校拒否児が出たぞ！と笑った。にな川の家に「見舞」に行くと、彼と違って明るく愛想のいいおばさん（母親）が出てきて、居間に案内される。陽がさんさんと当たっている、大きいテレビはつけっ放しの、座椅子には太った猫が寝そべっているこぢんまりした普通の居間。この家の本来の姿を、初めて見た気がした。智《さとる》のいる二階に案内するというのを、「一人で大丈夫です」と断わって、二階に上がる。にな川は相変わらず薄暗い部屋のまん中で、布団の上に新聞を広げて、うつぶせになって読んでいた。階段の音に母親が上がってくると思って、ファッション誌のオリチャンのページを、急遽、スポーツ新聞で隠したらしい。

ただの風邪だというにな川に、「私、さっきおばさんに怒られたよ。家来る時は挨拶くらいしろって」というと、

「おれの親、もう、おっかなびっくりなんだ。おれみたいな内にこもる人種に接したことないから」

親ともうまくいっていないなんて、不良とはまた違う最低さだと思う。まだ「私」の方がましで、親とは普通に話すし、絹代もまだいるし。

例のつぎはぎ写真を、畳の上に置く。にな川の顔がぱっと輝き、恥ずかしがりもせずファンシーケースまで這っていき、洟をすすりながらつぎはぎ写真を慎重にスクラップブックに挟み込む。「私」はぞっとする。まるで「私」なんか存在しないみたいに、オリチャンに夢中になっているにな川は、いつかこっちに戻って来られなくなるんじゃないか。

しかし、それは杞憂だったので、オリチャンのライヴに出かけ、生《なま》のオリチャンに会うことを冷酷に遮断されたことで、にな川は、世間的には自分がただの変質者にすぎなかったのを悟るところで小説は終わる。

お一人様四枚まで買って、余っているんだ、チケット代（三五〇〇円）出すから一緒に行かないか、と誘われて、にな川には「私」しかいないし、「私」の友達の小倉絹代を呼ぶことにする。中学のころ、何度か訪ねたことのある絹代の家への実に久し振りの電話なので、相当緊張したが、スケジュール帳を見て、電話口に戻ってきた絹代の「よかった。行ける」という返事が、情けないくらい嬉しかった。

土曜日、待ち合わせ場所の駅のホームに、しゃがみ込んでいる生気《せいき》のないにな川と、すがるような目をして「私」を迎えた絹代がいた。「私」は三十分以上、遅刻。にな川からチケットを手渡され、絹代が、バイトしてるんだからチケット代出すよ、と言ったとき、「私」は出せない。それにしても、「私」の知らないうちにどんどん活動的になっていく絹代に圧倒される。

「金はいいよ。おれが呼んだんだから、もちろん全額おれが出す」にな川のしっかりした口調に「私」はほっとする。

目的の駅に着き、会場まで走り、開演時間に間に合った。ビーサンを履いていたのに「私」が先頭だった。

この小説の魅力はデテールの確かさにあって、「私」をめぐる絹代とにな川の感情や心理、意識の微妙なズレが適確に描かれている。たとえば、列に並んでゆっくり前に歩いて行きながら、「次のデートは二人きりで行けるんじゃない？」と絹代に言われて、「デート」という単語に「私」が驚く場面。

「違うよ絹代、今日はなんていうか、全然デートとかじゃないんだよ。にな川はオリチャンに会いに来てるだけ」

「そうかなあ。にな川、好きな人に自分のことを知ってもらいたいんじゃないの？」

絹代の言っていることは途方《とほう》もなくずれている。でもそのずれ加減をうまく説明できなくてもどかしい。

何も言えない私を、絹代は照れていると勘違いしたみたいで、ニカッと笑顔になった。どっちかって言えば、こうして絹代と一緒にいる時間の方がデートっぽい気分だ。私は絹代とちゃんと話せるかにどきどきしている。

超満員の会場に割り込み、何とか舞台を見られる位置を確保する。観客みんなが舞台を見ているなか、「私」はにな川を息を呑んで見つめている。舞台のライトが明るくなり、周囲に歓声が上ったとき、彼はまばゆいものを見るように、とても切なげに目を細めた。にな川が今、初めて本物のオリチャンを見ているのだ。

予想以上の大音響で音楽が鳴り響き、たちまち音がライヴハウスの空間を埋めると、周りの観客はいっせいに両手を挙げて、身体全体でリズムをとって跳ね始めた。絹代はすぐに順応して、曲も知らないはずなのに、リズムに乗って飛び跳ねている。首をこっくりこっくり動かしているだけの「私」は、授業参観に来た母親みたい。みんなの手は、ひたすら光の真ん中にあるものを欲しがっているように動いている。そしてそれ以上に、にな川の目はオリチャンを欲しがっていた。自分が消えてしまいそうになるくらい、オリチャンを見つめている。

「男の人、一緒に、ヒエーイ！」

オリチャンが叫んで元気に跳ねあがると、ほうぼうから野太い歓声が上がって、男ファンが飛び跳ねた。でも、にな川は声も上げないし、ぴくりとも動かない。舞台を睨《にら》むように見ながら奥歯をしっかり嚙み合わせている。緊迫した顎《あご》。そしてオリチャンを見る飢えた目つき。あんたのことなんか、オリチャンはちっとも見てないよ、と伸び上がって彼の耳もとで囁きたくなった。

「地震が来たらいいのにな」

「他の観客の奴らがパニックになって出入口に殺到しても、おれは一人舞台によじ上って、頭上で揺れてる照明器具にびっくりして動けないオリチャンを、助けるんだ」

でも、絶対に地震が起こらないことが分かっているにな川は、絶望的な瞳をしている。こんなに大勢の人に囲まれた興奮の真ん中で、にな川をさびしい、可哀想《かわいそう》と思う気持ちと同程度の切実さで、反対に、にな川の傷ついた顔を見たい、もっとかわいそうになれ、と思う。

そのとき、にな川の方ばかり見ている「私」の耳に口を近づけて、絹代が言った。

「ハツは、にな川のことが本当に好きなんだねっ」

絹代は感動しているようで、照れたように私の肩を勢いよく叩いた。ぞっとした。好き、という言葉と、今自分がにな川に対して抱いている感情との落差にぞっとした。

アンコールの曲がすべて終わって外に出ると、すっかり夜になっていた。大半の人が駅へ続く道に流れていくのに、ライヴハウスの裏側に歓声をあげながら走っていくいくつかのグループがある。にな川も、楽屋口に行ってオリチャンの出待ちする彼らにつづく。「私」のからだも勝手に彼らの背中を追いかける。

「早く帰らないと、バスの最終に間に合わなくなるよ」。追いついた絹代が息を切らしながら言う。ライヴハウスの閉ざされた裏口を睨んでいるにな川の目は血走っている。彼にあるのは目だけ。「私」にあるのも目だけ。そのときドアが開き、警備員が一歩前に進んだ。オリチャンが現われた。熱狂的な歓声のなかで、オリチャンは輝きに満ち、Tシャツにジーパンの普段着で、髪を風になびかせながら、大股で颯爽と歩いてくる。

突然、隣のにな川が両手で人垣をかき分けて前進し出す。「ハツ、止めた方がいいよ」不安げな絹代に言われ、彼を止めようと思うが、動けない。「自分の膜を初めて破ろうとしている彼はあまりにも遠くて、足がすく」んだのだ。

どかされたファンの怒声を浴びながら、ついに、にな川とオリチャンとの距離は、あと一本のロープだけになったが、オリチャンは怯《おび》えるどころか、驚きさえしない。笑顔のまま、にな川には一瞥もくれずに、他のファンに手を振りつつ彼のいる箇所を避けて通り、進んでいく。彼女のためだけに用意された花道を。にな川が一歩踏み出すと、すぐにスタッフの壁ができ、にな川とオリチャンを、きれいに、すっぱりと分けた。にな川が人だかりから引っぱり出されていくその後ろで、オリチャンは用意されていた車に乗り込み、窓からファンたちに手を振り、笑顔のままで去っていった。

「今度出待ちの時にああいう乱暴なことをしたら、警備員さんに連れていってもらうからね」。スタッフの冷たい声が響く。にな川は、スタッフに、そしてオリチャンによって冷静に〝対処〟されたのだ。

かれは、がらんどうの目をして放心している。「私」にはそんな彼がたまらなかった。もっと叱られればいい。もっとみじめになればいい。

結局、その夜は、歩いてもっとも近いにな川の家に、絹代が訳を話して「私」と泊めてもらったのだった。

三　一人称小説の可能性

芸術家は、その作品の中で、神が自然における以上に現われてはならぬと思っています。人間とは何物でもない、作品がすべてなのです。この訓練は、ことによると間違った見地から出発しているかも知れませんが、それを守るのは容易ではないのです。しかし少なくとも私にとって、これは自ら好んでやった絶間のない犠牲でした。私だって、自分の想いを語り、文章によってギスタフ・フロベール氏を救ったら随分いい気持でしょう。だが、この先生にいったい何の価値があるでしょう。

（中村光夫訳『ジョルジュ＝サンドへの書簡』、現代表記に改変）

小説が近代資本主義とともに発展し、一九世紀後半以後の市民社会の爛熟期にもっとも隆盛を極めたとは世界文学史の常識だが、遅れて出発した日本の近代作家・評論家にとって、『ボヴァリー夫人』（一八五七）の作者フロベールはもっとも完成度の高い範とすべき写実主義《リアリズム》作家だった。芸術家としての小説家は、造物主の神が自然（人間世界）にまったく姿を見せぬのと同様、片鱗でも「私」を現わしてはいけない、というのが、自己の小説世界を客観的現実の再現と信じたフロベールの厳しい戒律だった。

日本でも、明治二十年代の北村透谷など、「造化」という漢字に「ネーチュア」（自然）とルビを振っていて、アメリカ経由のキリスト教思想の受容の痕跡を見せているが、汎神論的風土の日本では、絶対神に保証された三人称表現は育たなかった。「彼は悲しかった」と書いた場合、いったい誰が彼の悲しさを保証するのか。

「私だって、自分の想いを語り、文章によってギスタフ・フロベール氏を救ったら随分いい気持でしょう」とフロベールは言う。しかし、生物学的決定論という実証主義にさらされてしまった生身《なまみ》の「私」を生かす道は、小説という新たな現実のなかで自己を他者として生きる以外なかったのだ。

〈純文学イクオル私小説〉という世界に類のない純文学概念の成立は、一九二四年（大正一三）以後である。関東大震災の翌年（二四年）から二七年にかけての私小説・心境小説論議は、いわば、プロレタリア文学とモダニズム文学（新感覚派）という二つの新興文学に挟撃された既成文壇の危機意識の反映とも取れるが、実はこの「本格小説と私小説」論議のふたりの立役者が中村武羅夫と久米正雄で、ふたりとも当時、通俗文学の人気作家であった点に留意する必要がある。小笠原克（『昭和文学史論』）によると、「通俗小説を書いては随一の流行児、震災成金とやっかまれ、純文学への望郷の念にかられ、自他への深刻な反省をうながされた結果、ついにトルストイは通俗小説に見えた」という。

これはさきのフロベールの芸術家意識とまったく逆、といっていい。

おそらく日本で、一人称の身辺雑記小説（「青葡萄」）を最初に発表したのは硯友社の総帥尾崎紅葉で、一八九五年（明治二八）秋のことである。その夏、弟子のひとりで尾崎家で玄関番をしていた小栗風葉がコレラにかかり、避病院に隔離されるという顚末を言文一致体の小説に仕立てたもの。しかし、当時の批評家は、これを小説とはみなさなかった。記事文とか、雑報とか、たんに事実をそのまま記録したものにすぎない、と評した。

平野謙（「私小説と心境小説」）は、里見弴「善心悪心」（大正九）久米正雄「良友悪友」（大正八）芥川龍之介「あの頃の自分のこと」（同）菊池寛「友と友との間」（同）などについて、「これらはすべて後年の実名小説ふうの文壇交友録小説であり、そういう作品をはばからず公表する作家的態度の背後には、かれらの文壇制覇による功成り名とげた一種の優越感が無意識的にかくされてあった」という。この平野説について小笠原克（「私小説の成立と変遷」）は、「その『文壇制覇』は、文壇的になされたというよりも、文学的実質において次第に成立した」といい、葛西善蔵・広津和郎らの「奇蹟」グループにおいても、すでに〈交友録〉小説は書かれていたと説く。筆者も小笠原説に賛成で、紅葉の力作「青葡萄」が小説として認められず、「新思潮」グループとの交流を描いた菊池寛の「無名作家の日記」（大正七）が新人登竜門としての「中央公論」に堂々掲載された裏には、『破戒』（明治三九）以来の「私」（自我）を軸とした日本の近代リアリズムの成熟があった、というしかない。

今回の芥川賞の二作品の成功は、作者が若年であることの弱点を逆に生かして、「私」を軸に〈交友録〉小説を描いた点にあって、本質的な他者の登場はないが、小説として物語化を試みた点が買える。瑕瑾《かきん》は言うまい。この二つの「私」小説は、日本の近代の生んだ私小説の形式を生かして、現代の若者風俗を活写したといってよく、袋小路に陥込んだ今日の芸術小説（あえて「純文学」とはいうまい）の活路を暗示している、といえようか。

Ⅲ 「新選組」と時代小説

一 「新選組」評価の変遷

敗戦後、「戦場の美学の高唱者」として断罪され、一九六四年（昭和三九）、東京オリンピックの年に『現代畸人伝』を公刊し論壇に復帰した保田與重郎氏と『著作集』（南北社）刊行の件で酒席を共にしたのはその数年後だった、と思う。書肆《しょし》と林富士馬氏が仲介役で、日沼倫太郎・磯田光一が一緒だった。場所は新宿の蝦夷御殿。そのとき、わたしは保田氏から二つのことを学んだ。保田さんはわたしの名刺を見て、生国はどこかね、と訊き、埼玉ですと答えると、武蔵国《むさしのくに》か、と言った。また、大久保、名はどう読むのかね、と訊く(1)。ツネオ、というと、何か合点したような顔をされた。

野口武彦は近刊『新選組の遠景』（平成一六、集英社）の「あとがき」に、「東京生まれの人間は、何しろ維新『御瓦解《ごがかい》』で江戸城を明け渡した側だから、威張れるものといったら上野彰義隊と新選組しかいない」と書いていた。わたしの生まれた埼玉東部の幸手《さって》は、江戸時代、奥州街道（日光街道）の宿場町として栄えたが、威張れるほどのものはなく、保田さんに教わったのは、維新以後の行政区画を取り払っていえば、ここで主題とする新選組の発祥地の多摩も幸手もいわば天領（江戸幕府直轄地）で、年貢の取立ても外様《とざま》のように苛酷でなく、百姓も町人も天領の民であることを誇りにしていたのではないか、ということだ。

土方歳三の生涯を描いた司馬遼太郎の「燃えよ剣」(「週刊文春」昭和三七・一一〜三九・三)の冒頭に、祭礼の夜の俗にいう〈くらやみ祭〉での若い男女の野合の情景が描かれているが、これなど、武州では敗戦直後まであったことをよく知っている。かつて保田與重郎が出世作『日本の橋』(昭和一一)の後記の最後に「大和桜井にて誌す」と記したことについて、渋川驍が民衆的視点の欠如を指摘していたが、保田氏にとって故郷は「大和桜井」でなければならぬので、この用語法には「埼玉」を「武蔵国」と呼ぶのと同じ独自の史観、氏のいう〈歴史と風景〉の含意がある。

第二の姓名の訓《よ》みの問題については、生年月日とからめて、今日の情報化社会という大衆社会状況のはしりとしての一九二〇年代後半の時代状況と重ねて説明しよう。わたしの生まれたのは一九二八年(昭和三)十一月十九日で、出生届の遅れというよくある事実を考慮にいれても、そう違わないだろう。一九二八年は、明治元年(一八六八)から干支《えと》の一まわりした戊辰《ぼしん》(つちのえたつ)の年で、十一月十日、昭和天皇の即位式(即位の御大典)が行われた。小生の〈大久保典夫〉はそれに因《ちな》んだものだ。とくに注目されるのは御大典のほぼ一と月前(九月二八日)、秩父宮(天皇の弟君)と会津松平家の出である勢津子姫との御婚儀があり、かつての朝敵会津が天皇制国家体制に繰り込まれたことによって、〈勤王〉〈佐幕〉の二元論が支配的であった従来の維新史観に揺らぎが生じたといっていい。そうした風潮を準備した一つに、子母澤寛が勤めていた東京日日新聞での「戊辰物語」の連載(昭和二年暮れから三年二月)があって、当時、東京日日の社会部の遊軍であった子母澤寛も、そのうちの幾つかを執筆していたはずだ。

日本におけるマス・メディアの確立には、一三年（大正一二）の関東大震災が契機となっている。菊池寛（「災後雑感」）は、「今度の震災に依って、文芸が衰えることは、間違いないだろう。……量に於ける文芸の黄金時代は去ったと云ってもいゝだろう」と悲観的見通しを述べたが、マスコミ産業だけは別で、「有力日刊紙は、活字鋳造機・高速輪転機の設置、グラビア印刷の実施、通信技術の改善などにより、全国紙としての態勢を固め、社会面を充実し、娯楽・家庭、スポーツ記事などの紙面を拡大して新しい読者の要求に答えた。……大阪毎日、大阪朝日がともに一〇〇万部をこえたのは震災の翌年正月のことである」（尾崎秀樹「大衆文学の変遷」）。「キング」（講談社）創刊の一九二五年には、中里介山の「大菩薩峠」が「都新聞」から「大毎・東日」紙上へ移され、これが「大衆文学が檜舞台に登場を許された皮切り」となり、いわゆる大衆文学は、これらマス・メディアの成熟とともに成立したといえよう。

子母澤寛の「新選組三部作」の最初の雄篇『新選組始末記』（昭和三、万里閣書房）も、コミュニケーションのマス化という土台と不可分の小説で、彼は社会部の遊軍記者としての体験を活かして、新選組関係者を訪問して回想談を採録し、全体として聞き書き形式のリアリティに富んだ物語を創造した。『新選組遺聞』ではさらにその方法が積極的となり、八木為三郎や近藤勇五郎その他、故老の回顧談がうまく活かされている。

『新選組始末記』（昭和三）は子母澤寛の処女出版で、つづいて『新選組遺聞』（昭和四）『新選組物語』（昭和六）の三部作を書かしめたものは、彰義隊の残党で敗走し五稜郭まで行き、そこでも敗北して貧しい蝦夷地の浪の荒れる小漁村で名もなく朽ち果てた祖父の無念の生涯への悲憤と歴史の非情さ（「勝てば官軍」の発想）への批判があろう。幼いころ、祖父から寝物語に聞いた幕末江戸の話は、祖父追慕の想いと重なって、子母澤寛の心底にずっしりと根を下していたに違いない。

一九二八年（昭和三）前後が第一の〈維新ブーム〉なら、第二のそれは一九六七年（昭和四二）前後で、元号の文脈《コンテクスト》でいえば、明治百年ということだろう。この期の特色は、敗戦による皇国史観の敗北による〈勤王〉〈佐幕〉の二元論の全的な崩壊で、司馬遼太郎の作風が娯楽的な大衆小説から巨視的なパースペクティブを持った独自な歴史小説へと推移していくのもこの頃からだ。「新選組血風録」（昭和三七）、「燃えよ剣」（昭和三七〜三九）にはかなりの読者サービスがあるが、[2]幕末の河井継之助を主人公にした「峠」（昭和四一〜四三）、吉田松陰と高杉晋作を描いた「世に棲《す》む日日」（昭和四四〜四五）、大村益次郎が主人公の「花神」（昭和四四〜四六）などになると、人物は相対化され、歴史の推移は一種の史観（いわゆる「司馬史観」）によって裁断され、ついには、文明論・文化論的色彩を帯びるに至る。亡友村松剛に、一九七九年から九年間にわたり「日本経済新聞」の日曜版に連載した二千八百枚の歴史大作『醒めた炎—木戸孝允《たかよし》』があるが、これは幕末から明治維新までの混沌とした時代を、桂小五郎（木戸孝允）を軸に描いたもの。実は司馬遼太郎の没後、司馬史観というのが持てはやされ、某新聞などは毎日のようにキャンペーンを行《おこな》っていて、そのころ、司馬氏の歴史小説についてある危惧の念を抱いた。簡単にいえば、司馬氏においては、歴史事実より史観が優先されていないか、ということだ。

村松剛の『醒めた炎』は菊池寛賞を受賞しているが、あまり読まれていないと思われるので、まず、「歴史其儘」を意図したこの評伝の特色を紹介しておく。

この大作は、一九八七年、上巻〈桂小五郎の時代〉、下巻〈木戸孝允の時代〉の二冊本として中央公論社から刊行された。ここでは、皇女和宮の御降嫁をめぐる諸事情、孝明天皇と宮廷内部の確執などが実証的に微細に描かれた箇所から引用しよう。

中山績子（大典侍）の日記の万延元年六月の項に、

「廿日和宮様初て御まけあそバし、めでたくあかの御かちん御けん上、ミなく〳〵もいたゞき候也。」

おまけは宮廷用語で、経血を意味する。つまり初潮を祝って赤い餅を宮廷の女たちが食べたのが、（井伊）直弼《なおすけ》が殺されてから三箇月ののちだった。

稚いこの姫君は徳川の御降嫁のはなしをきかされたときに、

――東《あずま》の代官へ行くのは、いやや。

といくどもくりかえした。京都の朝廷から見ると、徳川とは要するに「あづまの代官」である。

『大衆文芸評判記』（昭和八、汎文社）『時代小説評判記』（昭和一四、梧桐書院）の著者三田村鳶魚は、上記著作で、島崎藤村の『夜明け前』や中里介山の『大菩薩峠』などを俎上にのせて、その時代認識のなさ、風俗・文化への無知さ加減を徹底して批判していたが、村松氏の場合、会話においても当時の宮廷ことば、武家ことば、方言などをそのまま再現することに努めているのだ。ついでに、いまひとつの見所をいえば、従来数多く書かれた幕末動乱の物語や小説の事実との違いを、さりげなく正している点だろう。これも史家として当然なすべき義務だが、氏はけっして特定の作者をあげつらったりしない。たとえば一八五九年（安政六）、小塚原で刑死した婦人の下腹部の解剖が村田蔵六によって行われ、たまたま回向院に建てたばかりの松蔭の墓に墓参に来た桂小五郎が蔵六の手腕に目をみはり、それが彼を藩に推挙するきっかけになったという説について、「物語としては面白いけれど、右の通説は史実とはことなる」と村松氏は書く。氏は、宮内庁書陵部蔵の未刊の蔵六（のちの「大村益次郎」）の書簡によって、小五郎が小塚原の腑分けの三日前に蔵六を招いて夜遅くまで酒を飲み、蔵六と藩邸で会う日程を打ち合わせていたこと、それが解剖を突然依頼されて延期するほかなく、松蔭の墓参のついでに、もしその気があるならと観札（入場券）を送ってきて、それで小五郎は小塚原に行ったことを立証する。氏はまったく触れていないが、司馬遼太郎の『花神』では、松蔭の遺骸を回向院に埋葬した十月二十九日に、桂が「小塚原で死囚の解剖をしている村田蔵六を見る」ことになっている。村松氏によれば、「腑分けは十一月はじめの計算になる」そうだが、松蔭の墓の墓参のついでに立ち寄ってほしいと言ってきたとすれば、松蔭と蔵六を重ね合わせて「安政六年十月二十九日」の意味を特筆大書した司馬説（思いこみ）は崩壊するわけだ。

NHKの「新選組」の大河ドラマに象徴される第三次の〈維新ブーム〉の成因は何なのか。〈第二次〉の延長でいえば、元号の文脈で〈江戸開府四百年〉だが、前者と異なるのは、IT革命下の国際化の嵐のなかで日本の自立が問われていることだ。映画「ラスト・サムライ」や新渡戸稲造の『武士道』、内村鑑三の『代表的日本人』が脚光を浴びたのは、まさしく外から日本人のアイデンティティを照らし出したからであり、アテネ五輪では、「武士道」をテーマに、シンクロチームが切れ味するどい速い動きと迫力のある演技で日本美を演出し、銀に輝いた。わたしはこの夏行われた現代文学史研究所の夏期研修合宿で、「なぜ、今、新選組なのか」という基調講演を行ったさい、ＮＨＫの「新選組」に登場する役者より、アテネ五輪の日本選手団の表情のほうが新選組に近いといった。つまり、強靭な精神力は俄仕込の演技などで表現できるはずがない、ということで、これは新渡戸稲造のいう「武士道は知識のための知識を軽視する」(3)ということに通じるだろう。

次に、わたしは「新選組」に〈武士道〉がどう生かされたか、彼らの旗印とした〈誠〉とは何だったのか、出来るだけ具体的に事実に則して考えてみたい。

二　池田屋事件まで

「新選組」については、すでにかなり知られているから、わたしの関心と問題意識に集約して書くことにする。

江戸小石川小日向《こひなた》柳町の坂の上に、近藤勇の道場「試衛館」があった。勇は武州調布町上石原の百姓の倅《せがれ》で、三代目周助邦武が養子に迎え、四代目当主となった。流儀は天然理心流で、武州三多摩に育った剣法である。生抜きは師範代の土方歳三、一番弟子の白河藩脱藩沖田総司《そうじ》、八王子千人同心の家に生まれた井上源三郎で、客分として、神道無念流の岡田十松《じゅうまつ》の門弟で松前脱藩の永倉新八（ガムシャラに打ち込んでゆくことから「ガム新」と渾名《あだな》されていた）、伊予松山脱藩で種田宝蔵院の槍《やり》の使い手原田左之助、北辰一刀流から天然理心流に再入門した者に仙台脱藩山南《やまなみ》敬助とその弟子筋の藤堂平助、播州明石《あかし》の浪人斎藤一《はじめ》がいた。

天然理心流は遠州浪人近藤内蔵助を流祖とし、気をもって相手の気をうばい、すかさず技《わざ》をほどこすのが特徴で、実戦につよい。喧嘩剣法の江戸の近藤道場には、毎日五、六十人の門弟が稽古にやってきたが、八王子、府中、上石原から日野宿《ひのじゅく》にかけて、小さな同流の道場がいくつもあって、多摩郡に散在した門弟は三百人あまり。多くは百姓の青年で、これが道場へ来るときには、大小をさして羽織を着てきたという。

多摩日野宿の名主佐藤彦五郎は自宅に道場を持っていて、土方歳三の姉のおのぶが縁付いていたので、日野の在石田の大百姓で五人兄弟の末弟の歳三は、佐藤家に寄宿した形となり、出稽古に来る一つ年上の近藤勇と親しくなった。しかし、彼は食客の身の上なので、実家の家伝の「石田散薬」という骨《ほね》接《つぎ》打身の妙薬を持っては、近在の農家から農家へと行商して歩いたらしい。

この「石田散薬」については、司馬遼太郎が『燃えよ剣』で面白いことを書いている。この薬は、多摩川の支流浅川の河原から採った水草を乾燥させ、農閑期に黒焼きにして薬研《やげん》でおろし、散薬にする。土方家では、この草の採集（毎年土用《どよう》の丑《うし》の日）や製剤のシーズンには、村じゅうの人数を集めてやる。歳三は、十二、三歳のときから、人数の狩り集めから、人くばり、指揮、いっさいをやった。歳三が人動かしがうまいのは、こういうところから来ている、という。天下一のオルガナイザー土方歳三をつちかったのも、まさに武州多摩の風土なのだ。

また、司馬氏は「武州」について、同書でこう書いている。

武州（東京都、埼玉県、神奈川県の一部）の地は、江戸をふくめて、面積およそ三百九十方里。石高にすれば、百二十八万石。

ほとんど、天領（幕府領）の地である。江戸の関東代官、伊豆の韮山《にらやま》代官（江川家）などの幕吏が治めていたが、諸国の大名領とくらべるとそのような寛治主義で、収税は定法《じょうほう》以上はとりたてず、治安の取締りもゆるい。百姓どもも、

――おらァどもは大名の土百姓じゃねえ。将軍さまの直《じき》百姓だ。

という気位があり、徳川家への愛情は三百年つちかわれている。これは、近藤にも土方にも血の中にある。

それに代官支配だからお上の目がとどきにくく、自然、宿々には博徒が蟠踞《ばんきょ》し、野には、村剣客が力を誇って横行した。こういう現象は、日本六十余州をながめて、武州と上州のほかにない。（傍点大久保）

新選組の近藤勇（局長）や土方歳三（副長）の半生を貫いたのは、官僚化した旗本たちが見失った武士道と、何よりも幕府への忠誠心だったのだ。

『燃えよ剣』によると、一八六二年（文久二）、近藤道場「試衛館」と背中合わせになっている伝通院の僧二人が、京大阪を旅行してハシカにかかり、これに合わせてコレラも蔓延、近藤道場には門人が寄りつかなくなった。門人の大半は、町人の若旦那、旗本屋敷の中間部屋の連中、博徒・寺侍といった性

根のない連中で、食客がごろごろしていて梁山泊《りょうざんはく》の観を呈していた道場は、たちまち台所飯にも窮するようになった。そこへ、江戸一の大道場で門弟三千といわれる千葉周作門下出身の山南敬助が耳よりな情報を持ってきた。庄内藩の郷士清河八郎の献策を入れて、幕府が尊王攘夷派（倒幕派）を押さえるため、佐幕派浪士たちを京に送り込むことになり、一種の治安部隊要員を募集している、というのである。近藤は、直参になれる、という思い込みがあってすぐ乗り気になったが、学問を鼻にかける山南を嫌っていた土方も、ついには「浪士隊」（仮称）に加わることになる。人間の歴史というのは、実に精妙な複線で出来あがっていて、もし、山南敬助という顔のひろい利口者がいなければ、近藤・土方などは、ついに場末の剣客でおわったろう、と司馬氏は書いている。(4)

日野宿の佐藤彦五郎（歳三の姉婿《あねむこ》）をはさんで、近藤と歳三とは義兄弟の盃《さかずき》を酌《く》みかわした仲だが、頼山陽の『日本外史』を愛読し将器のある近藤（多少俗物だが）と、組織者で天性のカンと、男くさい節義に生きる土方とは、無類の名コンビであった、といえよう。「浪士隊」の集合場所が、「試衛館」と背中合わせの伝通院の境内だったというのも、妙な因縁だが、中村彰彦『新選組紀行』（平成一五、文春新書）によると、集まったのは二百三十四人で、七組に分けられ、京へ出立《しゅったつ》したのが文久三年二月八日のこと。中仙道の六十九の宿場を経て京へ着いたのは同月二十三日未明、江戸を出てから十六日目のことであった。

浪士隊は、洛外の葛野郡壬生村《かどのごおりみぶ》に分宿することになったが、清河八郎は上京初日の夜、自分の宿舎に当てられていた新徳寺の本堂に浪士全員を呼びつけ、一世一代の弁舌をふるって、自分の献策によって幕府に集めさせた佐幕派浪士たちを尊王攘夷派に洗脳してしまった。清河は実は佐幕派の浪士ではなく尊攘激派（尊王攘夷の過激派）のひとりで、極端な異人嫌いとして知られていた孝明天皇の了解のもと、横浜の外国人居留地を襲撃しようと考えていたのだ。

一流のペテン師清河八郎の弁舌に圧倒されて、浪士隊のなかから異を唱える者はひとりもいなかった、という。早速、清河は天皇に浪士一同の名で攘夷の建白書を提出。二月二十九日には攘夷の勅諚《ちょくじょう》を受け取った。

『燃えよ剣』では、清河八郎は維新史上、反幕行動の旗幟を鮮明にあげた最初の男と書かれているが、清河にとって思いがけなかったのは、八木源之丞邸を宿舎としていた十三名の反乱である。彼らも攘夷を念願とすることでは、尊王攘夷派と同じだったが、彼らは天皇の主導のもとにおいてではなく、将軍の上意のもとに攘夷を実践するのを本旨とする佐幕攘夷派だったわけだ。

その内訳は、芹沢鴨を首領とする水戸浪士グループ五人と、近藤・土方らの試衛館グループで、中村彰彦によると、両者をつないでいたのが水戸浪士グループと同じく岡田十松から剣を学んだ永倉新八だという。永倉新八『新撰組顚末記』によると、芹沢が両グループの者を集めて東下（江戸に帰ること）に不同意であることを告げ、試衛館グループもただちに同意し、反清河派十三名はそのまま八木屋敷に残留した。彼らは会津藩お預《あず》かりの身分となり、「新選組」が誕生する。（いっぽう、江戸に戻った浪士隊は「新徴組」と命名されたが、肝いりの清河は、幕臣佐々木唯三郎らによって暗殺された。）

緻密で周到な策士土方歳三のオルガナイザーとしての本領が発揮されるのは「新選組」の組織づくり

以後で、最初の隊士徴募も、芹沢らには内密で「試衛館グループ」だけで、京大阪の道場を廻り、百名以上を集めた。烏合の衆だけに鉄の組織をつくらねばならない、というのが歳三の考えで、彼は黒谷の会津本陣に行き、公用方外島機兵衛に仲介してもらい、洋式調練にあかるい藩士に会い、外国軍隊の制度を訊《き》いたりして、きわめて合理的な新しい剣客団の体制をつくった。

次は、芹沢一派の粛清である。まず狙ったのが芹沢の側近の新見錦で、押し盗《こ》み、金品強請を働いたかどで切腹に追い込み、歳三が介錯した。圧巻は、文久三年九月十八日の深夜、豪雨のさなか、泥酔した芹沢一派の寝込みを襲う場面で、血盟の士は原田左之助を加えた天然理心流系の五人。芹沢鴨は水戸脱藩浪士で、神道無念流の免許皆伝者であったが、一種の異常人で、酒色に沈湎《ちんめん》し、言語に絶する非道は、堀川界隈《かいわい》の町家の評判になっていた。士道を第一とする近藤・土方にとって、芹沢一派の暗殺は急務で、討手は、近藤・土方・沖田総司・井上源三郎の四人に決まっていた。江戸以来の同志の永倉新八・藤堂平助が選ばれなかったのは、前者は芹沢一派と同じ神道無念流、後者は北辰一刀流で、生え抜きの同志でない点で歳三が用心した。機密漏洩《ろうえい》を恐れたのである。しかし、近藤は、一挙に芹沢派の全員を殺戮《さつりく》するには心許ない気がして、猛犬のような男だが、近藤への随順には動物的なものがあり、口のかたい原田左之助を加え、土方も了承した。「ひょっとすると歳三が考えている新選組の『士道』とは、例を求めれば原田左之助のような男かもしれなかった」(『燃えよ剣』)と司馬遼太郎は書いている。(5)

当時、近藤派の宿舎は前川荘司屋敷にあり、道一つ隔てて、芹沢派の宿舎の八木源之丞屋敷があった。芹沢は、呉服屋菱屋《ひしや》で呉服を取り寄せ、督促にきた菱屋の妾《めかけ》お梅を手籠めにし、愛人にしていて、当夜、部屋で待っていたお梅と裸形《らぎょう》で同衾していた。まず、お梅が即死し、芹沢への初太刀は沖田、起きあがろうとしたところを歳三が二の太刀を入れ、それでもなお縁側へころび出てつまずいたところを、近藤の虎徹が止《とど》めを刺した。

片目の平山五郎は、島原の娼妓吉栄と同衾していたが、踏み込んだ原田左之助が、まず吉栄の枕《まくら》を蹴って「逃げろ」と叫び、驚いて目をさました平山が、すばやく這って佩刀《はいとう》に手をのばしたところを斬った。が、肩胛骨《かいがらぼね》に当たって、充分に斬れない。あっ、と平山が鎌首をたてたところを撃つ。首が、床の間まで飛んで、ころげたという。

平間平助は逃亡。野口健次は不在。この年の暮、野口は「士道不覚悟」で切腹、芹沢派は潰滅《かいめつ》する。

以上は『燃えよ剣』での芹沢一派襲撃の場面を圧縮したものだが、永倉新八の回想録「浪士文久報国記事」によると、文久三年九月十八日、会津藩が資金を出して新選組に角屋で大宴会をひらかせた。芹沢鴨・平山五郎・平間重助が八木邸へ戻ったのが午後六時ごろ、八木邸へは土方歳三も現われて四人で飲み直しをするうち、お梅と遊女ふたりもやってきて、土方は三人を充分酔わせてから襲撃する腹だったという。

夜が更けて土方は前川邸へ去り、残った六人は二組に別れて寝る。このとき彼らは、土方が玄関の障子と門の扉を開けっぱなしにしていったことに気づかなかった。

そこへ御倉伊勢武《みくらいせたけ》(6)という平隊士を先頭に、土方歳三、沖田総司、藤堂平助がそれぞれ抜刀して八木邸へ侵入、惨劇が展開されたことになっている。

土方というのは、冷徹といっていい周到な知略にたけた男で、こんな自然発生的ともいえる暗殺劇を実行するだろうか。芹沢系の三人はすべて水戸人で、神道無念流の、いずれも一騎当千といっていい剣客ぞろい。それに較べて、討手がなぜこの五人なのか分からない。

『新選組始末記』の次のような記述は、この暗殺が秘密裡に行われたことを物語っていないか。

翌日になって近藤勇から、会津侯に対し、局長芹沢が昨夜賊のために、就寝中を殺された。不覚面目次第も無之《これなく》というような届書を出し、一方総組員を集合して、葬列粛々《しゅくしゅく》、同志発祥の地たるこの壬生の地蔵寺内へ埋葬した。

この直後、土方歳三は、隊における山南敬助の処遇を「総長」とした。序列でいえば、局長近藤勇、総長山南敬助、副長土方歳三となって一種の昇格だが、実質は、近藤個人の相談役・参与・参謀・顧問といったもので、何の権限もない。重要なのは、この職名には隊士に対する指揮権がないということだ。指揮権は、局長―副長―助勤―平隊士という流れで、歳三は相性のわるい山南を棚《たな》にあげたのだ。

新選組を強靭な組織にするために、歳三が作ったいま一つの改革が、鉄の規律としての「局中法度書」五ヵ条である。

「一、士道に背くまじきこと。」「一、局を脱することを許さず。」「一、勝手に金策いたすべからず。」「一、勝手に訴訟（外部の）取扱うべからず。」「一、私の闘争をゆるさず。」右条々相背き候《そうろう》者は切腹申しつくべく候也《なり》。

若い血気の隊士はこれを読んでむしろ壮烈さを感じたようだが、加入後、日の浅い年配の幹部級に動揺が見られた。助勤酒井兵庫の脱走である。彼は大坂浪人。神主の子で、当人は隊で珍しく国学の素養があり、和歌をよくし、山南敬助など自作の歌の添削をたのんだりしていた。

歳三は、監察部の全力をあてて、京・大坂・堺・奈良まで探させ、大坂の住吉神社のさる社家に匿《かくま》われているのを突きとめた。早速、沖田総司・原田左之助・藤堂平助の三人が大坂へ下向し、住吉の社家に酒井兵庫を訪ね、境内での闘いを避け、我孫子《あびこ》街道ぞいの竹藪まで同道させて斬った。

「以後、隊は粛然とした。局中法度が、隊士の体のなかに生きはじめたのは、このときからである」(『燃えよ剣』)と司馬氏は書くが、中村彰彦(『新選組紀行』)は、「試衛館グループの容赦ない血の粛清劇を間近に見、恐怖心に駆られて屯所を脱走した隊士たちが意外な数に上っていた節がある」という。治安警察部隊であり暗殺集団である「新選組」の名を一躍天下に知らしめたのは池田屋事件だが、このとき、出動した新選組の隊士数はわずか三十名しかいなかった。これは大坂へ出張中の者、夏風邪や食当たりで寝込んでいた者が多かったためだ、と従来は考えられてきたが、平たく言えば、「局中諸法度」の厳しさに恐れをなして逃亡した隊員がかなりいたということだ。つまり、酒井兵庫の場合の必死の探索は、助勤としての隊の枢機《すうき》に参画した男だから、機密を知っていて、世間に洩《も》れれば累《るい》は京都守護職に及ぶということと、最初の大物の脱走者だから見逃せなかった、ということだろう。総長山南敬助が、時勢にも新選組にも絶望して脱走したのは、約一年半後の慶応元年二月二十一日未明で、山南と親しかった沖田総司が討手となって馬で追い、江戸へ向かっていた山南を屯所に連れ戻す。山南は翌々日、前川屋敷の一室で、作法どおり沖田総司の介錯で切腹するが、相手が総司だから彼の顔を立てて憎い土方のいる屯所に戻ったのだろう。沖田総司というのは、生死を超越した童子《どうじ》のような若者で、剣に生きることとしか知らぬ、誰からも愛された男だった。

一八六四年（元治《げんじ》元）五月下旬、新選組は、尊攘激派の巣としてかねがね目をつけていた堺町丸太町下ルの桝屋喜右衛門方に、肥後勤王派の浪士宮部鼎蔵の下僕が入ったときいて、ただちに捜査に踏込んだ。

桝屋については、村松剛（『醒めた炎』）は古道具屋と称していたといい、中村彰彦（『新選組紀行』）では割木屋（薪炭商）となっていて、所番地も両者異なるが、池田屋事件には桂小五郎もかかわっているので、ここでは村松説に重きを置く。桝屋の主人は本名古高《こだか》俊太郎といい、梅田雲濱《うんぴん》の弟子だった。新選組の近藤勇・沖田総司・永倉新八・原田左之助らが二十数人の隊士をひきいて桝屋を襲ったときには、店には主人の古高しかいなくて、逃げ遅れた古高俊太郎だけを捕えた、と永倉新八の『新選組顚末記』にある。古高は壬生の屯所にひき立てられて拷問を受けたが、本名は古高俊太郎正順と名乗っただけで、口を割らなかった。業を煮やした土方歳三が彼を梁《はり》から逆さに吊して足の甲に五寸釘を打ち込み、百目蠟燭を立てて火をともし、ついに古高も耐えかねて一時間ばかりのちには密謀を白状した。

それによれば六月二十日のころ、烈風の夜を待って御所に火をかけ、騒動にまぎれて中川宮（公武合体派の中核）と松平容保とを襲って殺し、禁裡に兵を入れて長州に主上（孝明天皇）の動座を仰ぐ計画だという。さすがに愕然とした近藤勇は、京都守護職屋敷の松平容保にこれを急報。あわせて隊士たちを武装させて招集することにした。（このとんでもないクー・デタ計画に、用心ぶかい桂小五郎は参画していなかったし、内容の詳細も知らされていなかった。この計画の背後には、真木和泉守がいた可能性が濃い、と村松氏はいう。当時、慎重論が支配していた長州藩も、京都に火がつけば真木の希望してきたとおりに激発するはずだからだ）。

古高俊太郎が逮捕されたときいて、宮部鼎蔵たちはその夜のうちに集会を池田屋で開くことにした。クー・デタ計画を、まさか古高が自供していると予想していなかったから、会合への出席には誰も格別の警戒心は持たなかった。

桂小五郎（長州藩留守居役）は、古高俊太郎をぜひとも救出しなければならない、と思っていた。彼は、蒸し暑いこの夜の会合の主題を、古高の奪回作戦にしぼるつもりで、藩士のうちでは古高と親しい三人だけを選んで、襲撃への参加を許しておいた。しかし、小五郎が宿屋の池田屋の潜戸を開いた五つ時（午後八時）には、まだ誰も来ていなくて、小五郎は後《あと》でまた来ると言い残して対馬《つしま》の藩邸に向かった。僅かに早すぎた到着で、小五郎は好運をひろった。「命冥加《いのちみょうが》という点で、維新史上、桂ほどの男はない」（『燃えよ剣』）と司馬遼太郎も書いている。

池田屋を桂小五郎が訪ねた時刻には、新選組は鴨川の対岸にある祇園の会所（町役人などの詰め所）ですでに斬込みの準備を完了していた。守護職と所司代（四月に桑名藩に交代）との兵は、五つ時には到着する約束だったのに、戦争の支度に時間がかかり、待ち切れなくなった新選組が単独でとび出してゆく。

池田屋ではこの間に二十人ほどの尊攘激派の志士が集まって酒宴が始まっていた。近藤勇が池田屋に入ったのは、すでに四つ時（午後十時）だった。彼は三十人を二手に分けて、大部分は土方歳三の指揮下に四国屋に向かわせ、自分は沖田総司・永倉新八・藤堂平助以下、腕の立つ七、八人をひき連れていた。

永倉新八の回想（『新選組顛末記』）によると、こうである。

「主人はおるか、ご用あらためであるぞ」

と近藤が声をかけて乗り込むと、池田屋惣兵衛が梯子段の下から、

「みなさま旅客調べでございます」

惣兵衛を殴り倒して、二階に上った近藤は、一室に車座になっていた志士二十余名を睨みすえ、

「無礼すまいぞ」と叫んだという。

永倉の回想では、逃げようとする志士を最初に斬ったのは沖田総司だった。近藤は総司ひとりを連れて、志士たちのたむろする奥座敷へ入っていった。一座は総立ちになる。彼らには何の準備もなかった。太刀さえ、殆どが手許に置いていない。

実は、薬の商人に化けて池田屋に泊りこんでいた新選組の監察の山崎蒸が、宴席の手伝いを買って出て、お腰のものに粗相があってはなりませぬからといい、太刀を片づけてしまっていた。「刀を平気で手ばなすとは、クー・デタを企画していた集団としては信じがたい呑気さである」と村松剛はいう。

一方の新選組は、鉢金、稽古胴、もしくは鎖かたびら、籠手《こて》、臑当《すねあ》てなどで身を鎧《よろ》っていた。脇差は持っていたろうが、酒気を帯びていた尊攘激派は素面素籠手で立ちむかったようなものだ。それが、尊

攘激派の被害の大きくなった最大の理由だろう。

土方たちは遅れて駈けつけたわけだが、何といってもこの夜の立役者は近藤勇と沖田総司のふたりで、階段上での近藤勇の北添佶磨《きつま》斬り(7)と、裏庭で吉田稔麿《としまろ》が沖田総司に斬られる場面が、この乱闘劇の二つの山場といっていい。子母澤寛の『新選組始末記』を典拠としたこの二つの場面は、小説や映画での見せ場になっているが、前者には確証がなく、後者は、事実と違うことを村松氏が考証している。

後日譚では、幕府は新選組が尊攘激派の大陰謀を未然に防いだ功を高く評価、会津藩を介し、出動した全員に金十両を支給したほか、働きの度合によって別段金をも与えた。

一方、池田屋の変報が舞いこんだ長州藩の国許では、留守居役の桂小五郎があやうく難を逃れ、会津・桑名の藩兵が藩邸をとりかこみ、いま一人の留守居役の乃美織江は邸内の全員を武装させて、一夜を明かしたときいて、長州藩への宣戦布告と受けとり、出動が下命された。来島又兵衛の遊撃軍四百人が第一陣として六月十六日の夜半に三田尻を出帆し、第二陣として福原越後の隊三百人と、さらに真木和泉守のひきいる浪士三百がこれに続いた。

（つづく）

【注】

（1）普通は「ノリオ」と訓《よ》むが、さすがは保田氏で、ひと呼吸おいて訊ねたのだ、と思う。

（2）一八六九年（明治二）三月二十五日の宮古湾海戦で、軍監の土方歳三が、みずから甲鉄の甲板に飛び降り、和泉守兼定で敵を斬りまくって最後にロープで回天に戻ったと『燃えよ剣』に描かれているのを、野口武彦（『新選組の遠景』）は、「読者サービスが行き届いている」と評している。
（3）一八六九年、西郷隆盛は吉田精一ら五人の青年を京都の陽明学者のもとに遊学させるに際し、「貴様らは書物の虫になってはならぬぞ」とさとした。（『西郷南洲遺訓』）
（4）中村彰彦（『新選組紀行』）は、「水戸浪士グループと試衛館グループとは、永倉を介して上京前に知り合い、ともに幕府の浪士募集に応じることにした可能性が高い」と書いている。ちなみに、永倉新八は岡田十松（利貞）に神道無念流を学び、芹沢鴨と同門である。
（5）三多摩は、戦国時代以前は天下に強剛を誇った坂東武者の輩出地で、近藤・土方の士道の理想は、坂東の古武士だったことに間違いない。
（6）御倉伊勢武は、楠十三郎・荒木田左馬亮とともに桂小五郎が新選組にもぐり込ませた間諜《スパイ》で、池田屋の集会の前後に新選組に入り、怪しまれて厳重な監視下に置かれていた。間もなく身許が発覚、全員が斬られた。（『新選組顚末記』）
（7）北添佶磨は、庄屋の息子で、武市半平太を盟主とする土佐勤王党の血盟に加わり、前年、脱藩して敦賀から北海道に渡り、北辺の海防策を調査した。池田屋の会合に、勝麟太郎の弟子の望月亀弥太とともに出席して、命を落とした。（『醒めた炎』）

Ⅳ　変革期の様相

三　映像と文学

吉永小百合主演の超大作として話題になっていた映画「北の零年」を観た。明治維新の蝦夷地開拓の物語と思い観に行ったのだが、それが淡路の稲田派家臣団の静内《しずない》での開拓の悪戦苦闘を描いたものと分り、いっそう興味が湧いた。なかなか豪華な造りのパンフレットの末尾に、参考文献として船山馨の『お登勢』と『石狩平野』を挙げていた。一八七〇年（明治三）庚午《こうご》の年に起った稲田騒動については、その三年後に生まれた阿波徳島本藩派の少年泡鳴（本名、美衛《よしえ》）が、とくに代々江戸詰であったために土地の子供たちにいじめられ、それが彼の自我形成に多大の影響を及ぼした点について、淡路における父祖の足跡とともに、わたし自身、克明に調べ触れている。(1)『お登勢』にも、幕末から維新にかけての直参派と陪臣《ばいしん》（又家来）としての稲田派との確執が具体的に描かれているが、いわゆる稲田騒動とは、新政府による版籍奉還（明治二）以後の職制改革を不満とした稲田派の分藩独立運動に端を発した本藩派の稲田派襲撃事件なので、これに関して岩野泡鳴が、一九〇九年の北海道放浪中、稲田家臣団の開拓村を訪ね、感慨を記している。

淡路人集落が模範村になっているのは、「耕作に熱心なこと、永久的設備をしてゐること等」によるのだ。「思ふに、これは、城主に従つて来たのが尻を落ち付けた一原因でもあらうが、今一つ忘れてはならないことがある。乃ち、稲田の従臣等は、移住の少し前、淡路に於て、阿波藩主蜂須賀氏の直家来から、藩主（主君―大久保注）のあづからない事情の為め攻め撃たれ、妻女は強姦され、妊婦はその局部を竹槍で刺し通されるほどの目に会つたのだ。その鬱忿《うつぷん》が乃ち本道開拓熱心の一大原因であつたらう」（「旅中印象雑記」）。

明治新政府は事件の首謀者十名を断罪（後に切腹）、二十七名を流罪、禁固（泡鳴叔父・吉味鉄十郎芳服《よしよ》が三年）、他に謹慎者を多数出すほどの厳しい処置を取った。同時に無抵抗で殺傷され家に火を放たれた稲田家側にも、主君邦植以下、家臣全員の北海道・静内への移住開拓が命じられた。これは俗にいう喧嘩両成敗ということと、蜂須賀家との切り離しを図った（現に、淡路島は兵庫県に編入された）ということだろう。

映画の冒頭に描かれる総勢一三七戸五四六人の移住団が半月に及ぶ船旅のすえ、静内に上陸したのは明治四年五月二日（旧暦）のこと。そのなかに、夫を追ってやってきた小笠原志乃（吉永小百合）と一人娘の少女多恵がいた。夫の英明（渡辺謙）は家老・堀部賀兵衛（石橋蓮司）とともに先遣隊四十七名の中心になって荒地の開墾に精根を傾けていた。未開の蝦夷地にわれらの国を造ろうと、希望に燃える夫を信じ、みずからも率先して鍬《くわ》を取る志乃だが、農民指導者・川久保栄太（平田満）の努力にもかかわらず、稲はなかなか育たず、そのうえ第二陣を乗せた船・平運丸が紀州沖周参見浦で八月二十三日早朝に座礁沈没。船には二二三名が乗っていて、溺死者は四十二世帯八十三名だった。また、稲田家の器物類や荷物三万五千両分が海に沈んだという。稲田家では当初、静内に三百余戸千八百人を移住させる計画だったが、この遭難で、以後、稲田家から移住団が静内に送り込まれることはなくなった。

さらに追打ちをかけたのが、廃藩置県によって彼らの開墾する土地が明治政府の管轄となったことである。しかし、そうした逆境での失望と絶望のなかで、英明や馬宮伝蔵（柳葉敏郎）、長谷慶一郎、中野又十郎といった家臣たちは、みずからマゲを切ってこの地に踏み留まる決心をした。彼らにそうさせたものは何か。領国を追われ新天地で新しい国づくりを始めた彼らの執念の底にあったのは主従の絆の強さなので、その夢が破れマゲを切ってもその地に踏み留まらせたのは、逆にサムライとしての矜持《きょうじ》以外の何物でもなかろう。わたしに面白かったのは、寝食を忘れて稲田家屋敷づくりに打込む家臣たちの一途さで、彼らにとっていわば主君・邦植を迎える屋敷こそ心の拠り所だったのだ。が、ようやく現われた邦植は、あたかも鳥羽伏見の戦いで圧倒的な火力の薩長連合と死を賭して戦っている幕兵・会津兵・新選組を見殺しにし大坂城から海路江戸へ脱出した最後の将軍慶喜《よしのぶ》と会津中将のごとく、家臣団を見捨てて札幌に居所を構えてしまう。開拓使への文書は、稲田家臣団の立場上、稲田邦植名義で提出されているのに、邦植は開拓事業とはかかわらなかった。まさに、貴人、情を知らず、と言うべきか。ただ、稲田家臣団にとって慰めだったのは、その後この屋敷に邦植の代理として弟の邦衛が住みついたことである。一八八二年（明治一五）、邦植は家督を弟の邦衛に譲り、のち邦衛は静内の戸長も勤めたという。

映画「ラスト・サムライ」で圧倒的な存在感を示し第七六回アカデミー賞助演男優賞にノミネートさ

れ一躍国際的に有名になった渡辺謙が、過去を捨て新しい時代に生きる男（小松原英明）として迫力のある演技を披露している。彼は、冬が近づき食糧不足が深刻化するなかで、北の大地（静内）でも育つ稲を求めて札幌まで出掛けるが、消息不明となる。以下、パンフレットの梗概を参考に記憶を呼び戻しながら書くと、飢えに苦しむ彼らに救いの手を差し伸べてきたのが薬売りの持田倉蔵（香川照之）だが、彼は徐々に増長し出し、英明の留守に付け込み、志乃（吉永小百合）に言い寄る。彼女を危機から救ったのは、豊川悦司演ずるアシリカで、アイヌとともに暮らす彼は謎めいているが、亡くなった妻と娘を、志乃と多恵の母子家庭に重ね合わせて生きてゆく。一方、志乃にはねつけられた倉蔵は、馬宮伝蔵の妻加代（石田ゆり子）と関係を持ち、政府役人（開拓使の役人）と結託して、詐偽紛いの手段で恩を着せ、実力者にのし上っていったが、最後は失脚する。

一八七七年（明治一〇）、西南戦争の年がこの物語の大詰で、何時までも帰らない英明を探しに出掛け吹雪のなかで遭難しかかった志乃と多恵を助けた御料牧場の指導者エドウィン・ダンから牧場経営のノウハウを教わり、ダンの指導で馬を育て、志乃と多恵は立派に自立して牧場を経営している。彼女たちはアシリカらとの交流を深め、夫のいない家を守りながらささやかな幸せを噛みしめている。稲作もようやく軌道に乗りはじめたこの年（史実では三年後）、イナゴ（トノサマバッタ）の大群が襲来し、被害を食い止めるための放火によって田畑一面が焼け野原と化す。このイナゴの大群の襲来を描く場面は、さすが映画ならではの映像の迫力で、言葉による描写（文学表現）でこれほどの臨場感を出せるかどうか。そんな奈落のどん底の不安の渦巻くなか、馬上姿の英明が、開拓使の一行を率いて軍馬の調達に来る。彼は札幌で大病を患《わずら》い、開拓使の上役《うわやく》に拾われて結婚し、出世して現われたのだ。彼は〝侍《さむらい》〟としてしか生きられない自分を自覚していた。彼は転向したのだろうか。英明も、土方歳三同様、自己の本来性に生きた、というしかない。

ＩＴ革命下の現代に通ずる幕末維新の激動期を描きたいま一つの大河ドラマ―ＮＨＫの「新選組」は、役者の柄が小粒で存在感がなく、筋立ても凡庸の一語に尽きる。歴史学者として近藤勇を軸に『新選組』（平成一六・中公新書）をまとめた大石学が時代考証しているからでもあるまいが、新選組のオルガナイザーでバックボーンともいうべき土方歳三の影が薄く、その存在は坂本龍馬を斬った京都見廻組の幕臣佐々木唯三郎にも及ばない。

大阪人の司馬遼太郎が武州多摩に生まれた新選組になぜ興味を持ったのか、なぜ土方歳三を主人公に上下二巻に及ぶ『燃えよ剣』を書いたのか、それは土方歳三という〝漢《おとこ》〟がそれまでに例を見ない〝組織〟の名に価する〝組織〟をつくったからであり、それが彼の生い立ちと不可分なことを見抜いたからだ。かつて橋川文三は、日本浪曼派とは保田與重郎そのものといったが、わたしに言わせれば、〝新選組〟とは土方歳三そのものであり、こうした〝漢〟の心の奥を映像で写し出すのはむずかしい。

敗戦直後の庶民の最高の娯楽は映画で、小説読者の比でなかったが、そのころ、気鋭の新進評論家であった福田恆存が映画（映像）と文学（文字による表現）の特質について書いていた。内容の詳細は憶えていないので、わたし流に説明するが、映像は対象を限定するが、表現は読者の参加によってイメージを増殖する、ということだった。たとえば谷崎潤一郎の「春琴抄」（昭和八）には、春琴の美貌について「生れつきの容貌が『端麗にして高雅』であつたことはいろ〳〵な事実から立証される」と書かれ、その他、瓜実顔の小柄な美女ということは判るが、それ以上の記述はない。しかし、この曖昧さがむしろ文学表現の利点なので、読者はそこにおのがじしの像をきざむ。映画では、特定の女優の顔に限定され、それ以上を出ないわけだ。全体として皮相になり、文章表現のような深みは現われない。

四　変革期の様相

歴史はさまざまな偶然の重なりが必然の流れを生み、その大勢が否応なく人びとを押し流す。淡路城代としての稲田家は、江戸開府以来幕府から附けられた大名格の家老（いわゆる「附家老」）だったが、幕末では、稲田家十一代敏植の正室が公家の出で、稲田家は岩倉具視《ともみ》に接近して討幕運動に奔走、尊攘激派のあいだでは稲田家を稲田藩と呼ぶ者が多かった。一方、蜂須賀家の十三代斉裕は、徳川十一代将軍家斉の子ということもあって、蜂須賀家では表立って勤王藩としての行動に出られず、むしろ討幕派が天下を握ったときのことを考えて、倒幕運動に走る稲田家臣団の動きを黙認していた節がある。一八六九年（明治二）の藩政改革以後「分藩運動」に至る稲田派の動きの背景にはこうした事情もあって、それが稲田派が藩地分割の上奏に踏み切ったとき、ついに蜂須賀茂詔、稲田邦植の東京召喚にまで発展した。「本藩派は藩侯東都に召されると聞き危疑の余、稲田氏を極力憎み、徳島洲本相呼応して奸徒誅すべし、逆賊除くべしとて挙兵するに至つた」（片山嘉一郎編『淡路の誇』）。

鳥羽伏見戦に勝利して成立した維新新政府は、専制的な近代化に走り、戊辰戦争以後、理不尽な幾多の悲劇を生むことになるが、北海道の新天地で生き残れた稲田家臣団などまだいい方で、徳川家処分で下北半島の火山灰地に移住させられた会津藩士の生活について、佐々木克（『戊辰戦争』）は次のように記している。

下北の地に移住した旧会津藩士の生活は、餓死と凍死をのがれるのが精いっぱいであり、栄養不足のため痩せ衰え、脚気となり、頭髪も抜けおちて坊主頭になるほどであった。死んだ犬の肉まで食わねばならず、口に含んだままのみ込めず吐き出しそうになっている少年にむかって、会津武士の父が「武士の子たることを忘れしか、戦場にありて兵糧なければ、犬猫なりともこれを喰らいて戦うものぞ。ことに今回は賊軍に追われて辺地にきたれるなり。会津の武士ども餓死して果てたるよと、薩長の下郎どもに笑わるるは、のちの世までの恥辱なり。ここは戦場なるぞ。会津の国辱雪ぐまでは戦場なるぞ」と激しく叱咤するのである。じつに公表をはばかるような惨憺たる飢餓の生活であった。

わたしは絶対天皇制のもとでの日本の近代化の失敗の根源は、一八六六年（慶應二）の孝明天皇の崩御以後の岩倉具視と大久保利通《としみち》が仕組んだ王政復古のクーデタに端を発している、と考える。大まかに言って、わたしは、幕末維新史に関するかぎり亡友村松剛（『醒めた炎』）の記述をもっとも信頼している。正親町少将公董の手紙に「御事（崩御）後は御九穴より御脱血にて、まことに恐入りたる玉体になりたるよし」とあり、出血は疱瘡の炎症が、内臓全体にひろがったためらしい。宝算、三十六歳だった、と村松剛は書く。

毒殺説は当時からあった。岩倉・大久保にとって、もっとも邪魔な存在は、京都守護職会津藩主松平容保《かたもり》を深く信認し、佐幕的朝廷体制をあくまで維持しようとする親幕派の頂点孝明天皇であり、佐々木克の記述のとおり、大事なのは、岩倉や大久保にとって天皇の存在は自らの意志で自由にできる「玉」であり、場合によっては「石」にも変りうる、それほど軽いものだったのだ。

徳川慶喜が大政奉還（政権を朝廷に返還）したことで、薩長の討幕の動きも名目と目標を失うわけだが、十五歳の幼い帝《みかど》（明治天皇）を擁して彼らは王政復古の大号令を下し、強引な討幕に踏み切った。このとき、慶喜が周囲の進言を容《い》れて武力討薩に出ていれば勝算もあったのだが、決断を回避して大坂城に退き、唯一のチャンスをつぶしたわけだ。新選組では、新たに加わった伊東甲子太郎《かしたろう》一派が、勤王派に寝返って御陵衛士《えじ》となったが、土方歳三の指揮で伊東一派の主だった者は暗殺され、王政復古の大号令が下ってのち、彼らは伏見奉行所を〈新選組本陣〉とした。隊士はわずかに六、七十名。近藤勇が大坂の幕軍幹部、会津藩とかけあい、兵力は百五十名ほどになる。しかし、近藤は伏見街道の空屋で待ち伏せしていた伊東甲子太郎の残党に狙撃され、弾は馬上の彼の右肩に食い込み肩胛骨《けんこうこつ》を割ったが、落馬せず、鞍《くら》に身を伏せ街道を飛ぶように帰ってきた。大坂城には天下の名医といわれた将軍の侍医松本良順がいて、近藤は、肺を患《わずら》って病臥中の沖田総司とともに大坂に送られ、以後、土方歳三が新選組の指揮をとる。

稀世の策謀家大久保一蔵（利通）は岩倉具視とはかり、大坂城にいる徳川慶喜に〈幕府の直轄領〉三百万石を朝廷に返上せよ、と迫った。この無理難題は、二百数十年前、すでに七十余万石の大名の位置に堕ちていた豊臣家を滅ぼすために、あらゆる策を用いて豊臣家が起《た》たざるを得なくして大坂冬ノ陣、夏ノ陣をおこした徳川家の祖・家康と同じだ、と司馬遼太郎（『燃えよ剣』）は書いている。こうして鳥羽伏見の戦いが始まるのだが、幕軍が討薩表（陳情書）をかかげて大坂を出発するのに、慶喜は大坂城に腰をすえたままで、およそ戦闘的でなく、婦女子のように恭順しているだけだ。大坂夏ノ陣の軍談は誰でも知っている。家康は七十余歳の老齢で駿府《すんぷ》城からはるばる野戦軍の陣頭に立って大坂の前線までやってきたのに、大坂の総大将の豊臣秀頼はついに一歩も大坂城を出なかった。四天王寺方面で難戦苦闘している真田幸村《さなだゆきむら》が、何度か息子の大助を使者にたて「御大将ご出馬あれ」と懇請した。大将が陣頭に立たなければ、兵卒の士気はあがらない。「戊辰」の年（慶応四年）正月二日朝、北上した幕府勢のうち、会津藩および幕歩兵を主力とした部隊は伏見まで進み、残りは淀に宿営した。以下、佐々木克（『戊辰戦争』）の記述によると、伏見奉行所に駐留していた幕歩兵や新選組を加え、淀以北の幕府側勢力は、会津・桑名・高松・四国松山らの各藩兵を加えて約一万名余であり、淀以南、大坂守衛のための兵約五千をあわせると、大坂側は、薩摩約三千、長州約千名を主力とする京都側討幕軍を、数の上では圧倒していた。

三日朝、幕府大目付滝川播磨守は淀を発《た》って、鳥羽街道を北上し入京しようとした。見廻組を先発させ敵情を偵察し、薩の軍監に通行を求めて再三談判を試みるが、薩側でははじめから許可するつもりはなく、朝廷の許可を得なければなどといって、いっこうにラチがあかない。夕方になって、しびれを切らした滝川は、ついに強行前進を開始した。――薩藩兵はこの瞬間を待っていたのである。

二十門以上の火砲を、薩摩藩は京都にはこんで来ていた。（中略）

戊辰戦争と後世呼ばれることになる内戦の火蓋を切ったのは、この薩摩藩の山砲である。鳥羽街道に据えられていた四ポンド山砲が轟然と火を噴き、砲弾は四百メートル先の旧幕軍の大砲に命中した。

大目付滝川播磨守（具知、千二百石）の乗馬が驚いて棒立ちになり、主人を乗せたまま街道を南に狂奔した。せまい街道には、フランス式の制服を着た旧幕の歩兵集団が縦隊をつくっている。

砲火を突然浴びせられた上に奔馬がとびこんで来たのだから縦隊は算を乱し、収拾のつかない混乱におちいった。こんなところで戦闘がはじまるとは、旧幕がわでは予期していなかった。（村松剛『醒めた炎』）

近くにいた見廻組の隊士が薩軍に突進していったが、彼らの兵装は和装で甲（かぶと・よろい）に刀槍という装備であり銃を持たない。薩兵のミニエー銃の銃弾にさらされて犠牲的な突撃をくり返す。同時刻、薩藩の砲が伏見奉行所に撃ち込まれ、新選組をはじめとする幕兵が薩藩の陣地に突撃したが、新選組は命知らずの剣士たちの集団であっても銃を持たない。町屋のあいだの狭い道路を突進しても、いたずらに薩兵の銃撃の的になるだけだ。これからの戦《いく》さは、北辰一刀流も天然理心流もない。今後は洋式で戦ってやろう、と土方歳三が決意するのもこの時からだ。

戊辰戦争で、伏見・江戸・甲州・流山・宇都宮・会津・五稜郭と転戦し、洋式戦闘の術を身につけ変革期を生き抜いた、そして武人として壮烈な最期をとげた土方歳三の生きざまについて、司馬遼太郎（『手掘り日本史』）はこんなふうに言っている。

土方の新選組における思考法は、敵を倒すことよりも、味方の機能を精妙に、尖鋭なものにしていく、ということに考えが集中していく。これは同時代、あるいはそれ以前のひとびとが考えたことのない、おそるべき組織感覚です。個人のにおいのつよすぎるさむらいのなかからは、これは出てこないものです。……こういう鋭い組織感覚は、日常戦闘している者でなかったら考えられない。

百姓、町人、とくに町人です。自分の生き死にを賭けて商売していたりするときに、こういうことを思いつくことができるのでしょう。百姓にもそういう場合がありますし、漁師の場合でも、システマティックに動かないと漁ができないことがある。が、さむらい、とくに江戸のさむらいは、そんなことは知らないし、考えられない。

翌四日の夕刻、幕府勢は淀城に拠って薩長軍の進撃を食い止めようとした。淀藩稲葉家といえば徳川恩顧譜代の藩で、当主の稲葉正邦は当時幕府老中の要職にあって、後退しつつあった幕府勢にとって、その抵抗拠点としてもっとも期待されていた藩であった。それが思いもよらず入城を拒否し、逆に薩長軍の一部ではあったが、彼らに城を開いたのだ。

実はこの日の朝、朝廷では薩長土をもって「官軍」と決定、仁和寺宮《にんなじのみや》が征夷大将軍となり、天皇から錦旗と節刀をいただいて出陣したのである。藩主不在とはいえ、淀藩が幕府を捨てたのは、錦旗に象徴される官と賊との両極の重さに敏感に反応したからだ。つづいて、山崎の要塞を守っていた幕府方の藤堂藩が寝返りをうち、幕軍は挟撃される戦勢となり、幕軍中最弱の歩兵がまず潰走。京にあって中立を守っていた諸藩も、「錦旗あがる」の報とともに薩長の戦線に参加し、それが誇大に幕軍に伝わった。

五　新選組の終焉

鳥羽・伏見戦争は幕軍の完全な敗北に終わり、土方歳三ら新選組も大坂城に入るが、すでに将軍徳川慶喜や会津中将松平容保らは幕府軍艦開陽丸で江戸へ逃亡した後で、とり残された者たちも、主のいなくなった大坂城を捨てて、われ先にと脱走した。

将軍慶喜がもっとも怖れたのは、自分が賊軍になるということである。彼は尊王攘夷思想の総本山の水戸徳川家から入って一橋家を継ぎ、さらに将軍家を継いだ。水戸史学では、南朝を追って足利幕府をつくった尊氏が史上最悪の賊で、光圀《みつくに》のごときは、それまで無名の人物に近かった尊氏の敵楠《くすのき》正成《まさしげ》を地下からゆりおこし、史上最高の忠臣とした。幕末の尊攘激派のエネルギーは、「正成たらん」としたところにあった。逆に慶喜は、京に錦旗あがるの報をきいて、これ以上戦さを続ければ自分が第二の尊氏になると考えた。その意識が、慶喜に「自軍からの脱走」という類のない態度をとらせた、と司馬遼太郎（『燃えよ剣』）はいう。つづいて、大坂城で再会した近藤と土方の会話が描かれるが、もちろんこれは創作にすぎない。しかし、生かじりの勤王思想で戦意をなくしてしまっている近藤と、あくまで士道に生きようとする土方の生き方の違いはあざやかだ。近藤にあったのは名誉欲だけで、幕府瓦解のとき、大名になることを考えた男は、近藤勇ただ一人だろう、と司馬氏は書いている。

鳥羽伏見の戦いで、試衛館以来の同志井上源三郎が戦死、山崎烝《すすむ》が重傷を負い、十数名の隊士を失ったが、生き残った四十四名は軍艦富士山丸で、正月十二日、江戸へ向かった。途中、紀淡海峡で山崎烝が息をひきとり、葬儀は、洋式海軍の慣習による水葬で行《おこな》った。十五日未明、新選組だけが品川で投錨、上陸し、近藤と沖田は、浜からそのまま漁船をやとい、神田和泉橋にある幕府の医学所で治療を受けた。近藤はほどなく回復したが、沖田は姉お光の婿《むこ》沖田林太郎の懇意で、千駄ヶ谷池橋尻に住む植木屋平五郎方の離れに移り、そこで亡くなった。

いっとき品川に駐屯した新選組の隊士四十三名は、正月二十日、江戸丸之内の大名小路にある鳥居丹後守の役宅に入った。(2)江戸へ帰ってから近藤の傷はめきめきよくなり、駕籠《かご》で登城したある日、空き城同然になっている甲府城を新選組で押えよ、という命を受ける。大軍を募集するには、何よりも指揮官の身分が必要で、幕閣では近藤を「若年寄」（十万石以下の譜代大名）格とし、土方には「寄合席」（三千石以上の大旗本）格を与え、上野寛永寺の大慈院に謹慎中の慶喜の裁可を得た。

募兵については、治療をしてもらっている徳川家典医頭松本良順から、浅草弾左衛門を動かせば、と教えられた。弾左衛門は、幕府の身分制度によって差別された階級の統率者。近藤は老中と交渉し、この階級の差別を撤廃させ、弾左衛門を旗本に取り立てる手続きをとってやったという。永倉新八（『新選組顛末記』）によれば、旧幕府は同隊に「軍用金五千両、大砲二門、小銃五百挺を下付」し、「しかも軍事総裁勝海舟がよういに勇の願意を入れたのは、この爆裂弾のような危険人物を慶喜のまえに近づけまい所存からなのであった」と記している。一方、近藤勇や土方歳三がすぐその気になったのは、彼らの出身地の武州多摩には、甲州武田家遺臣団が多く住みついた歴史があることも関係していよう。

大名を夢見る近藤と、大坂城で歩兵頭の松平太郎から洋式戦闘の手引書『歩兵心得』をもらい熟読していた喧嘩師歳三にとって、甲州への進撃は、またとない晴舞台だったに違いない。歳三は、幕府の陸軍所から手に入れたラシャ生地のフランス陸軍式の士官服を着て、新選組改め甲陽鎮撫隊の副長として、三月一日、江戸城鍛冶橋屋敷を出発し甲府城に向かった。しかし、新選組隊士がすでに二十名たらずの烏合の衆ともいうべきこの甲陽鎮撫隊は、軍隊としてはあまりにも放埒《ほうらつ》で、内藤新宿まで進むと、軍資金で宿場中の遊女を総揚げして出陣の前祝いとした。二日目は府中泊りで、ここの六所宮《ろくしょのみや》神社（現、大国魂《おおくにたま》神社）は、一八六一年（文久元）、近藤が天然理心流四代目宗家の襲名披露の野試合をおこなった所で、翌日の日野宿の寄場《よせば》名主佐藤彦五郎方での宿泊とともに、あきらかに「故郷に錦を飾る」意味合いも含まれていた。

佐藤昱《あきら》（『聞き書き新選組』）によると、大久保剛《たけし》と名乗り、髪をうしろに拝領三つ葉葵の紋羽織に白緒の草履姿で奥に請じ入れられた近藤は、「負傷の右手が胸位しか上がらず、少し痛いと顔をしかめたが、ナニこっちならこの通りと、左手でグイグイ呑んだ」。内藤隼人《はやと》と名乗り、総髪に洋式のフロック形軍服姿で騎乗してやってきた土方は、ノブに話しかけた。

「姉さんしばらくでした。私もあっちでは随分面白かったが、また、あぶないことがありました。マー今度は大分出世した訳だ。」

この間に地元の若者五、六十人がやってきて、ぜひ同行したいと願いでた。佐藤彦五郎自身もこれに加わり、三十余名から成る春日《かすが》隊を組織して甲陽鎮撫隊を支援することになる。

近藤と土方のコンビは、西洋小説の類型でいえば、ドン・キホーテとサンチョ・パンザだが、武州北東部生まれのわたしには、このふたりは武州人の二典型のように思える。新宿の遊女屋泊りなど、刀の差し方も知らぬ烏合の衆を戦《いく》さ場《ば》にかり出すための手練手管で、いかにも近藤流だが、戦さしか念頭にない土方は別の旅籠屋《はたごや》に泊り、女を近づけなかった。

ところが、「官軍」と称する洋式装備の板垣退助率いる新政府軍は、四日に甲府入りして五日に甲府城の受け取りを済ませてしまっていた。勝沼での戦いのとき、甲州で勝つには援軍依頼しかないとみた歳三は、ただ一騎、神奈川へ向かっていて、鉄砲の扱いを知らない者の多い近藤勢は一方的に敗れ去る。

永倉新八（『新選組顚末記』）によると、各人落武者よろしく江戸へ逃げ帰った新選組隊士のうち、永倉新八や原田左之助は九日までに本所二つ目の大久保主膳正《しゅぜんのかみ》邸へ集まった。彼らの考えた次の方針は、「ここでさらに新勢力を組織し、近藤・土方の両名も説き入れて会津へおもむき、さいごの戦闘をいたそうではござらぬか」というもの。翌朝、永倉たちが近藤に会ってその旨を伝えると、近藤は色をなした。「拙者はさようなわたくしの決議には加盟いたさぬ。ただし拙者の家臣となって働くというならば同意もいたそう」（傍点大久保）。永倉は怒った。「二君につかえざるが武士の本懐でござる。これまで同盟こそすれ、いまだおてまえの家来にはあいなりもうさぬ」。この言葉で、新選組は瓦解したといえよう。

以下、中村彰彦（『新選組紀行』）を軸に近藤勇最期までの足どりを書くと、永倉新八や原田左之助が去ったのと入れ違いに近藤のもとに土方歳三がやってきた。彼は、甲陽鎮撫隊に加えるべき兵力の募集に奔走していて、これまでに五十人近い隊士たちをかき集めてきた。彼らは三月十二日までに五兵衛新田（現、足立区綾瀬）に進出することにした。多摩と正反対の東を目指したのは、五兵衛新田とその周辺には代官領や旧幕臣たちの知行地が多く、その分だけ佐幕の雰囲気が濃くて危険が少なかったからだ。

ここでは、五兵衛新田を開発した地元の名主・金子五兵衛家と周辺に点在する分家に宿を提供させた。兵力も三月十五日には百名を突破したが、新政府軍が続々と江戸に入ってきていて、それに圧迫されたかのように、新選組（甲陽鎮撫隊）は綾瀬を去って江戸川をわたり、その東岸の下総《しもふさ》流山《ながれやま》（現、千葉県流山市）へ転陣していった。

甲陽鎮撫隊は三月二十日ごろ流山に入り、酒造家長岡屋を本陣とした。一八六八年（慶應四）四月三日の夕刻、東山道総督府副参謀有馬藤太（薩摩藩士）とその軍勢が近藤勇のいる長岡屋周辺を包囲したとき、新選組隊士たちは二里以上離れた場所で訓練していて不在で、やむなく近藤は土方と別れて単身有馬のもとへ出頭することに踏みきった。同時に砲三門と小銃二百挺あまりも差し出されたので、土方たちが抗戦することはまったく不可能だった、というのが中村説である。

近藤勇は駕籠に乗せられて板橋の東山道総督府へ運ばれ、四月五日、獄に投じられた。彼は一貫して大久保大和で押し通したが、高台寺党（伊東甲子太郎グループ）の残党に見破られ、二十五日、斬に処せられた。享年三十五。

近藤勇の辞世の七言律詩が残っている。

孤軍援《たすけ》絶えて俘囚と作《な》る
顧《かえりみ》て君恩を思へば涙更に流る
一片の丹衷《たんちゅう》能く節に殉ず
睢陽《すいよう》千古是《これ》吾が儔《ともがら》
他に靡《なび》き今日復《また》何をか言はむ
義を取り生を捨つるは吾が尊ぶ所
快く受けむ電光三尺の剣
只将《まさ》に一死君恩に報いむ。

近藤勇は死んだが、喧嘩師の「幕人　土方歳三」が稀世の戦略家として本領を発揮するのはそれからで、その戦《いく》さの上手《うま》さは司馬遼太郎（『燃えよ剣』）が実に見事に描いている。

［注］

（1）「故郷淡路と泡鳴」（『岩野泡鳴の研究』平成一四、笠間書院）

（2）大石学『新選組』では、正月二十日、江戸鍛冶橋《かじばし》門内の秋月種樹《たねたつ》の元役宅を屯所として与えられた、となっている。

V　純文学と推理小説

一　探偵（推理）小説の展開

「推理小説」というのは英語の（mystery story）または（detective story）の訳語だが、実は「推理小説」という呼称を自己の探偵小説芸術論にもっともふさわしい名称として提唱したのは木々高太郎で、敗戦の翌年の一九四六年（昭和二一）のことである。以下、主に中島河太郎の記述を軸に史的概括を試みると、木々は従来の探偵小説に加えて、思索的・考証的小説を包含させる意味で「推理小説」を唱えたが、その芸術性重視の論旨が、探偵小説の特性を軽視するようにみられ、大方の支持を得られなかった。たまたま、同年十一月、当用漢字一八五〇字が決定、この漢字制限により、「偵」の字が省かれたので、ジャーナリズムは「推理小説」を「探偵小説」の同義語として使用するようになり、一般に普及したわけだ。

このジャンルの創始者は、『モルグ街の殺人事件』（一八四一）のアメリカのエドガー・アラン・ポーというのが定説で、その本質については、東西諸家の説があるが、江戸川乱歩の「主として犯罪に関する難解な秘密が、論理的に、徐々に解かれてゆく経路のおもしろさを主眼とする文学」という見解がもっとも妥当だろう、と中島氏はいう。

参考のために、英米仏のミステリーの歴史について摘記すれば、イギリスで探偵小説（ディテクティヴ・ストーリー）がジャンルとして確立したのはヴィクトリア時代（一八三七―一九〇一）で、イギリス最初の探偵小説はウィルキー・コリンズの『月長石』（一八六八）。この作品には、宝石盗難事件の謎があって、ロンドン警視庁のカフ警部が事件を解決する。この時代を特徴づけるのは、短編の探偵小説で、代表的なのにドイルのシャーロック・ホームズものがあり、チェスタトンのブラウン神父もので頂点に達した感がある。

一九二〇年代に入ると、第一次大戦直後の不安な国際情勢や逃避的な気分が大衆社会に影を落し、探偵小説が大流行する。いわゆる「黄金時代」と呼ばれる十年である。わたしは一九二〇年六月に公刊されたクロフツの処女作『樽』（日本には昭和七年紹介された）によって〈推理小説の現代〉が始まったと見ているが、平野謙は日本の推理小説に新紀元を画した松本清張の『点と線』（昭和三二～三三）の「解説」（新潮文庫）で、『樽』の画期の意味についてこう要約している。

クロフツはフレンチ警部（のちに警視に昇進する）という試行錯誤をくりかえしながら、ねばりづよく足で調査することによって歩一歩と真相に近づいてゆく凡人型の探偵を創造したのだが、奇想天外な真犯人を案出すべく苦心惨憺するあまり、天然自然な人間性など苦もなく無視する偏向のあったいわゆる本格的な推理小説に、はじめてリアリズムの新風をもたらしたといわれている。

宮脇孝雄(1)によると、この「黄金時代」に、貸本屋を中心に読者の圧倒的支持を得たのは、ヴィクトリア時代の失われた美風を偲ばせるクリスティの諸作だったという。探偵小説が生まれたヴィクトリア時代は、犯罪発生率が驚異的に増加した時代で、それに次ぐのが第二次大戦後。この期になると探偵小説も多様化し、ジュリアン・シモンズのいう犯罪小説が台頭した。「探偵の物語から犯罪者の物語へ。奇抜なトリックから人間心理の深淵をうかがわせる犯罪動機の解明へと力点が移り、P・D・ジェイムズ、レンデルなど現代の代表的な作家も、謎解き以上に登場人物の複雑な性格づけに工夫を凝ら」すようになった。

さきにも触れたように、アメリカ人のエドガー・アラン・ポー（一八〇九―四九）が探偵小説というジャンルの鼻祖であるが、アメリカで探偵小説が広く読まれるようになったのは、イギリス人のドイルのシャーロック・ホームズ物語がきっかけという。そして、二〇年代にハードボイルド派が登場。この派は、三〇年代末にチャンドラーの高踏的な探偵小説を生み、第二次大戦後、スピレインなど大衆的な人気作家が輩出した。

第二次大戦後のアメリカは、ウルリッチ（筆名ウィリアム・アイリッシュ）、シャーロット・アームストロングなど、サスペンス小説の分野で多くの逸材を生んだ。五〇年代の人種差別、六〇年代の少年非行やヴェトナム戦争、七〇年代の大都市の荒廃など、各時代の社会問題をいち早く取入れるのも、アメリカの探偵小説の特徴という。

榊原晃三[2]によれば、フランスの探偵小説は、「ロマン・ポリシェ」というフランス語が示すように警察小説を源流としている。一九世紀中ごろ、世界探偵小説史上初めの捜査刑事を登場させたガボリオも、追われる犯人と追う刑事というフランス初期の探偵小説のパターンを忠実に踏まえている。

『怪盗ルトン』（三一）でいわゆる「メグレ警視」シリーズを書き始めたシムノンも、やはりこのパターンを崩さないが、「犯人を追いつめるのにアクションによるのではなく、被疑者の日常生活の微妙な襞《ひだ》からその心理を追究し、そこから犯罪の動機を解明するという追いつめ方をとっている」。こうした人間の魂の深奥に対する心理に力点をおく描き方は、第二次大戦後の二大作家、ボワロー・ナルスジャックとアルレーによってさらに強められ、犯罪者や悪女の屈折してゆく心理そのものにスリルがある。

日本では、外国探偵小説を意識して翻訳（というより翻案）したのは黒岩涙香《るいこう》で、「法廷の美人」（明治二〇～二二）、「人耶鬼耶《ひとかおにか》」（明治二〇～二一）、「有罪無罪」（明治二一）などを立て続けに新聞に連載、とくに、自分で「万朝報《よろずちょうほう》」（明治二五）を発刊してからは、その翻訳を独占するところとなり、特色ある涙香調の文体で一世を風靡した。

明治末年になると、ドイル、フリーマン、ルブランらが紹介され、文壇でも、耽美派・新現実派の谷崎潤一郎、佐藤春夫、芥川龍之介らが、怪奇探偵味のある創作を発表、日本の探偵（推理）小説のその後の発展に大きな影響を与えた。

とくに一九二〇年（大正九）、「新青年」が創刊され、森下雨村が海外探偵小説の紹介と日本の創作探偵小説の育成に努めた。さきに挙げたイギリス最初の探偵小説―コリンズ『月長石』（昭和一四）の翻訳なども彼であり、また自らも佐川春風の筆名で『白骨の処女』（昭和一〇刊）、『丹那殺人事件』（同）などを書いた。

江戸川乱歩が「二銭銅貨」（大正一二・四）で登場したのも「新青年」で、彼は推理小説の始祖エドガー・アラン・ポーに肖《あやか》った筆名で「心理試験」（大正一四）、「屋根裏の散歩者」（同）、「人間椅子」（同）、「赤い部屋」（同）、「火星の運河」（大正一五）を相次いで発表、ここに探偵小説の分野が確立した。（当時、謎解きの論理的興味を主眼とするものを〈本格〉と称し、そうでないものを〈変格〉と呼んだ。〈変格〉には、犯罪、怪奇、冒険、幻想、空想科学、変態心理物がある）。

その後、「新青年」から続々と新作家が登場したが、そのうち、純粋の謎解き的作風を主とするものは少数だった。

一九三三〜三四年（昭和八〜九）ごろ、「完全犯罪」（昭和八）、「黒死館殺人事件」（昭和九）の小栗虫太郎、「網膜脈視症」（昭和九）の木々高太郎、岸田国士《くにお》門下の久生十蘭らが相次いで登場、既成作家も従来の安易な作風を捨て、復興の機運がみなぎった。ことに木々高太郎の探偵小説芸術論の提唱は、探偵小説界こぞって論争に参加するほどの反響を呼んだ。

木々高太郎の〈探偵小説芸術論〉を要約すると、謎・論理的思索・解決の三条件を具備すべき探偵小説は、その形式が完備すればするほどすぐれた探偵小説であって、同時に芸術小説である、というもの。これに対して、「琥珀のパイプ」（大正一三）以下の論理的短篇で本格派の代表的存在であった甲賀三郎は、探偵小説の本質は、論理的遊戯性にあると規定していて、また、探偵小説のような制約のあるものは芸術作品たり得ない、と説いた。江戸川乱歩は、探偵小説は芸術たり得るが、特殊な形式を守らねばならぬ以上、至難であるという立場をとった。

ちなみに、戦後、画期的な傑作「点と線」（昭和三二〜三三）で〈社会派推理小説〉と呼ばれる新しい文学エコールを誕生させた松本清張は、「推理小説独言」（「文学」昭和三六・四）でこう書いている。

またもや思うのは、それが推理小説の形態をとった場合、必ず解決篇の必要なことである。推理小説は、もし、文学性を望もうとするなら、それは、いまのところ文体や、描写や、人間性格の書き方であろう。しかし、最後にいたって「絵解き」の部分が入ると、俄然「文学性」は地下にもぐってしまう。絵解きぐらい非文学的な、通俗的な論理はない。しかも、これは必須条件である。なんとなれば「未解決」という深遠な魅力的部分の存置は推理小説には許されていないからである。……ここにおいて、推理小説は、その構造上、文学性を駆逐される宿命にある。

これは一見〈探偵小説芸術論〉の否定だが、末尾に付せられた次の文章を読むと、はからずも江戸川乱歩の見解と似ているのがわかる。

……誰か天才児が出て、懇切丁寧な絵解きなど不要な、しかも、それを書いたと同等な、あるいはそれ以上の効果のある結末の手法を発見出来ないものだろうか。……その時こそ、推理小説も文学たりうる可能性がある、と言えそうである。

戦時中（昭和一二〜）、探偵小説は国内平和の紊乱《びんらん》を描くものとして自粛を求められた。戦後、わが国にも本格長編が樹立するよう要望したのは江戸川乱歩で、これに呼応するかのように横溝正史が『本陣殺人事件』（昭和二二）、『蝶々殺人事件』（同）を発表、わが国にはじめて欧米に匹敵する理知的な本格推理小説が誕生した。つづいて、角田《つのだ》喜久雄が『銃口に笑う男』（昭和二二、のち『高木家の惨劇』と改題）、『奇蹟のボレロ』（昭和二二〜二三）の本格長編を書き復活をとげ、新たに『刺青殺人事件』

（昭和二三刊）の高木彬光《あきみつ》、『黒いトランク』（昭和三一刊）の鮎川哲也らが現われて、ようやく欧米の水準に及ぶようになった。

一九五四年（昭和二九）ごろから海外の新傾向の流入とあいまって、社会の現実に密着した作風が盛況を呈する。ブームの口火を切ったのは『猫は知っていた』（昭和三二刊）の仁木悦子だが、『点と線』、『眼の壁』（昭和三二）の松本清張の出現は画期的。その推理小説の基盤は日常性と庶民性にあって、日常性の犯罪を追究する立場は、動機を重視する姿勢を生んだ。それはまた、天才型探偵に代って素人探偵の登場を促し、一にぎりのファンの独占物だった〈謎とき小説〉を広く一般読者に解放した。平野謙（新潮文庫版「解説」）は、清張の推理小説における処女長編『点と線』について、クロフツよりも新しいと言い、その理由として、「犯行の動機づけをクロフツがつねに個人悪に限定しているのに対して、松本清張は個人悪と組織悪とのミックスしたものに拡大している点」を挙げている。まさしく〈社会派推理小説〉の誕生である。

二　推理小説は芸術たりうるか

昭和三十四年秋。ぼくは東武電車の足利駅の売店で、『点と線』を買った。夢中で読みすすみ、浅草へ着いて、省線に乗りかえて市川へ着くまで読みつづけた。それまで、松本さんの小説は『西郷札』『或る「小倉日記」伝』を読んだきりだった。とにかく魅きこまれた。行商をしていたので、汽車の時刻表や、それぞれ暗部のある田舎駅の様子などにも馴染んでいたので、未知の香椎《かしい》の海岸あたり、鳥飼刑事の背中を見ながら、本当に歩いている気分がした。

叙事のみごとさである。いずれは空想の所産にしても、こういうふうに読まされると、恐ろしくなった。自分の日常も、的確に書けば、物語りの場になる。葛西善蔵や宇野浩二を読んでいたぼくの書棚に、その日から『点と線』は風穴をあけてくれた気がした。つづいて『眼の壁』『黒い画業』『甲府在番』『黒地の絵』『顔』『声』『鬼畜』など、短編小説のおもしろさにひたった。『眼の壁』では、未知の瑞浪《みずなみ》の町の匂いがわかり、東京駅を白昼堂々、屍体をはこぶ行者ふうの団体がゆきすぎるところでは背筋が寒くなった。文体が、平易で簡を得ておれば読む側の心をつきあげる。（「清張さん、中上さんを悼む」）

かねがね、わたしは宇野浩二の弟子で身辺雑記小説『フライパンの歌』（昭和二三刊）で出発した水《みず》上《かみ》勉《つとむ》が、十年ほど文学から離れ、一九五九年（昭和三四）、日共のトラック部隊をテーマにした『霧と影』で再出発、二年後、水俣病に取材した『海の牙』（昭和三五刊）で探偵作家クラブ賞を受け、社会派推理小説の新人として作家的地位を固めたことに関心を持ちつづけてきた。さきの引用文のつづきに、「行商を休んで日がな家にこもって約三ヶ月で書いた『霧と影』」とあるが、この間の生活費はどう工面したのだろう。亡友日沼倫太郎の話では、「批評」（昭和三三創刊）と同じく田畑麦彦（本名、篠原省三）の資金援助があったというが、わたしより九歳年上の水上勉と、田畑・日沼両氏ら「文芸首都」組は若年のころだいぶ親しかったらしく、ふたりは水上氏を勉《べん》さんと呼んで、あれは宇野浩二の稚児なんだといい、いろいろ話してくれた。田畑麦彦は佐藤愛子の「ソクラテスの妻」（昭和三八刊）のモデルで、彼の援助を受けたのは不遇な文学青年だけでなかったようだ。

ところで、敗戦直後の芥川賞受賞者一覧を見ると、米軍占領下、既成リアリズム打倒を目指して積極的に欧文脈の文体の創造に励んだいわゆる第一次戦後派からは独りの受賞者も出ない。辛うじて占領末期、〈第二の新人〉と呼ばれた安部公房「壁―S・カルマ氏の犯罪」と堀田善衛「広場の孤独」の受賞が目立つだけ。既成リアリズム系統の新人たちも概して小粒で、同人雑誌小説程度といっていいが、詩人として出発し永年新聞記者生活をつづけ、四十歳で「闘牛」（昭和二四）「猟銃」（同）を発表。物語性に富んだ小説を書いた井上靖「闘牛」での受賞が光っている。

いわば占領下は、純文学の新人払底の時代で、その最後を飾るかのように松本清張「或る『小倉日記』伝」と五味康祐「喪神」が第28回（昭和二七、下半期）芥川賞を受賞する。松本清張が長いあいだ新聞記者生活をつづけ、一九五〇年（昭和二五）、四十一歳のとき「週刊朝日」の懸賞小説に応募、「西郷札《さつ》」が入選、直木賞候補となり、木々高太郎のすすめで「三田文学」に「或る『小倉日記』伝」を発表、芥川賞を受賞し作家生活に入った経緯は井上靖に似ていて、第29回（昭和二八、上）から第33回（昭和三〇、上）までの芥川賞を独占した安岡章太郎・吉行淳之介・小島信夫・庄野潤三・遠藤周作らいわゆる〈第三の新人〉の純文学とかなり異質のものである。その点では、一種のスター誕生の社会的事件として喧伝された石原慎太郎の「太陽の季節」（昭和三〇、下）も〈第三の新人〉とまったく同じ日本の純文学の伝統を受け継ぐもので、本質的には書生文学といえる。彼らも日米講和条約発効以後（昭和二七〜）経済成長の相対安定期に入った社会を反映し日常性に密着したリアリズムの作風を基調とするが、井上靖や松本清張はいわば大人《おとな》の文学で、すでに人生の辛酸をなめつくした彼らには、人生への洞察と社会の深淵へのするどい凝視がある。

ただここで余談をいわせて貰えば、中央公論社から『日本の文学』という流布本全集が出たとき、中央公論社側から「松本清張」を一冊加えてもらえないか、とつよい要望があったが、編集委員のひとり三島由紀夫は、松本清張を入れるなら自分は辞退するといって断固拒否した、とかつて村松剛から聞いた。村松氏も純粋主義者で、大衆作家を通俗作家と呼び、ほとんど侮蔑していた。三島由紀夫が自決したとき、例の檄文の文章に触れて、その死を文学的枯渇によるものと、ある新聞で松本清張が書いた。村松氏は早速反論して、あれは蹶起に駆り立てる行動の文章で、文学とは関係ない、だいたい文体を持たぬ作家が文体について云々《うんぬん》するのはおかしい、と唾棄すべき口調で言った。

松本清張においては、現代小説も推理小説も歴史小説もいわば力点の違いがあるだけで、本質的にはまったく違わない。たとえば一般に清張の推理小説の出発点とされている「張り込み」（昭和三〇）は銀座の雑貨商殺しにヒントを得たといわれ題名そのものが推理小説的だが、犯人が最初から分かっているいわゆる倒叙方式で、謎ときも解決もなく、それに短編であることが幸《さいわ》いして、ほとんど完璧に近い出来栄えを示している。二人組の強盗殺人犯のうち一人が捕《つか》まり、その自供で殺した方の土工・石井久一の身元が割れる。石井には三年前に別れた女があり、今は九州の他家へ嫁したが、石井が肺を侵《おか》されていて絶望的状況なので女に必ず逢いに行くという柚木《ゆき》刑事の主張が通り、彼ひとりS市に赴《おもむ》き、女が後妻に入った家の斜め向こうの目立たぬ小さな旅館の二階の一室に陣取って、まる見えの女の家を見張る。

痩せた長身の猫背の亭主は五十近い年で、三人の子があり、土地の地方銀行に勤めていて、判で押したように朝八時二十分に出勤し、六時前に帰ってくる。学校へ行っている子供たちもまた同じ。晩飯を運んできた女中をつかまえてさぐりを入れると、容貌《きりょう》も気立ても良く、横川さんにはもったいない嫁だと土地の言葉で言う。「なんでもったいないのかね?」と柚木が言葉尻をとらえると、夫婦は二十も年が違い、横川は吝嗇《けち》で、財布は自分で握り、嫁には毎日百円ずつ置いて銀行に出るという。女が嫁に来たころは、米櫃《こめびつ》に錠がかかって、毎日亭主が米を計って出す。自分は晩酌をやっても、嫁には映画ひとつ観《み》させず、それでも夫婦仲はいいようで、継母《ままはは》なのによく子供を可愛がり、あんな奥さんはほかにもそうない、と褒めるのだ。

妻のさだ子の日常も判で押したようで、朝、門のところにたたずんで亭主を見送り、二時間がかりで掃除をおえる。そして午前十時、郵便配達夫が来る。この家には電話がなく、石井からの〝連絡〟の方法は、郵便か、電報か、人を使っての伝言かと思ったので、庭の掃除の途中、郵便物を取りだし、葉書の裏を一心に読み出すと、柚木は息を詰めた。読み終わってさだ子は家の内に入り、洗濯物を干しはじめる。それから編物。下の子が遊びから戻った。一時ごろに学校へ行った子供ふたりが帰ってきて、昼飯。四時になると買物籠を提げて現われ、市場に出掛け、四十分ぐらいで帰ってきた。それから夕飯の支度か。六時前、夫が帰ってくる。

日が暮れた。橙《だいだいいろ》色の電灯が家の障子に明るい。人影が障子をときどきよぎる。平穏な家庭の団欒《だんらん》。

九時ごろ雨戸が閉まる。真っ暗な家になった。暗いが、平和な家がこれから眠るのだ。これで、今日は無事にすんだらしい。

朝になった。八時二十分、亭主が出勤。掃除。今朝は郵便屋が素通りだ。洗濯。編物。買物。六時前、猫背の亭主が戻る。四日間、決まりきった単調な繰り返しだった。単調な日々の繰り返しだから平穏無事なのだ。

五日目、同じ猫背の亭主は正確に出勤し、さだ子は単調に掃除、洗濯、編物をしている。陽が明るく照っている道には、土地の人が立ち話をしている。郵便局の簡易保険係が自転車を止めて、近所を二三軒集金に回っていた。そのあと手鞄《てかばん》をもった洋服の男が、一軒一軒訪問して歩いている。何かの集金人か、物売りかも知れない。横川の家にも入ったが、彼はすぐに出てきた。一日百円ずつ貰っているさだ子に余裕があるはずがない。その男はそのまま、ぶらぶらと歩いて街角を曲がった。

さだ子が出てきた。白い割烹着だが、スカートがいつもの色と変わっているのに柚木は気づく。セーターも着がえている。腕時計を見た。十時五十分。市場の買物ではあるまい。それなら早すぎる。あいつだ。柚木の頭の中には、さっきの集金人か物売りらしい洋服男の姿が閃《ひらめ》いていた。

こうして柚木はさだ子の跡を追うのだが、途中で、休憩中のバスの女車掌が、「さっきの白崎行きのバスに割烹着の女の人が乗ったのを見ました。でも、その人は連れの人に言われて割烹着を脱いでいました」という証言を得る。彼は構内タクシーに乗り、白崎までバス道路に沿って走れと指示する。しかし、彼らは途中の草刈《くさかり》という停留所で降りていて、集落のある方の道に行かずに、山の温泉の方に登っていったという。柚木は郵便局に行き、すでに捜査協力の依頼状などの入った書類を渡してきたS署の署長宛に応援をたのむ電報を打った。

山の温泉へ向かう山道で一発の銃声を耳にしたが、それは猟に来た中年の紳士の撃ったものとすぐに知れた。が、それをきっかけに、石井が、女を死の道連れにするのではないかという考えがはっきりした。つづいて村の青年三人と出会い、用水池のところを歩いていたと聴き、足早に教えられた方角へ小《こ》径《みち》を伝い、一点に寄り合っているふたりを発見する。

男の膝《ひざ》の上に、女は身を投げていた。男は女の上に何度も顔をかぶせた。女の笑う声が聞こえた。女が男のくびを両手で抱えこんだ。

柚木はさだ子に火がついたことを知った。あの疲れたような、情熱を感じさせなかった女が燃えているのだった。二十も年上で、吝嗇《けち》で、いつも不機嫌そうな夫と、三人の継子《ままこ》に縛られた家庭から、この女は、いま解放されている。夢中になってしがみついている。

(中略)

柚木が五日間張りこんで見ていたさだ子ではなかった。あの疲労したような姿とは他人であった。別の生命を吹きこまれたように、躍《おど》りだすように生き生きとしていた。炎がめらめらと見えるようだった。

柚木はS署の刑事たち数名の応援を得て、山間の温泉場の旅館で石井を逮捕する。宿の着物を着て別人のようになまめかしいさだ子に柚木は警察手帳を見せ、

「石井君は、いま警察まできてもらうことになりました。奥さんはすぐにバスでお宅にお帰りなさい。今からだとご主人の帰宅に間に合いますよ」

と言った。

ここには張込みの刑事の眼を通して、自我を圧殺され苛酷な環境に耐えて生きる女の、内に秘められた生命《いのち》の赫《かがや》きが見事に捉えられている。松本清張の推理小説の短編には傑作が多く、その点、氏の畏敬する江戸川乱歩とよく似ているが、新潮文庫版「傑作短編集」で「或る『小倉日記』伝」と同じ現代小説の分野に収録されている「火の記憶」（昭和二八）なども、平野謙「解説」のように「推理小説に分類されても一向におかしくない」作品で、むしろわたしは「張り込み」よりもこの方に推理小説的サスペンスを感じるのである。

三　「砂の器」と漱石の「門」

松本清張の推理小説の大作「砂の器」は「読売新聞」夕刊に一九六〇年（昭和三五）五月十七日から六一年四月二十日まで連載された。映画化されたのは七四年（昭和四九）で、監督は野村芳太郎。彼は七九年、松本清張と「霧プロダクション」を作り「疑惑」「迷走地図」など清張原作の話題作を次々と映画化した。刑事役は今西栄太郎が丹波哲郎、若い吉村がたしか森田健作、わたしは小説を読まないでこの映画を池袋で観て、すっかり圧倒されたのを憶えている。事件の発端ともなる最初の残忍な殺人事件の犠牲者三木謙一を殺害して愛人の前衛劇団の事務員・成瀬リエ子を訪ね、その血しぶきのついた衣類を切り刻んだ彼女がわざわざ汽車に乗って旅行して窓からそれを撒く、もちろん証拠湮滅《いんめつ》のためのトリックだが、女優は確か島田陽子で、(3)この光景はひときわ鮮明に印象に残っている。しかし、何よりも映像として見事だったのは、癩（ハンセン病）に侵され故郷を捨て巡礼の旅に出た本浦千代吉が、息子の秀夫（後の前衛音楽の作曲家・和賀英良）を連れて吹雪の降りしきるなか放浪の旅をつづける場面だった。

わたしが「新潮文庫」版で上下二巻に分けられている『砂の器』を初めて通しで読んだのは今年の夏で、その際、ときどき映像の記憶が重なり困惑したのを憶えている。映画と小説とでは結末などまったく違うが、この小説での重大な謎は、発端の被害者（三木謙一）の異常ともいえる殺害方法だろう。解剖所見にあるように、被害者は、ウィスキーに混ぜた睡眠薬を飲まされ、睡眠に陥って無抵抗になったとき頸《くび》を絞められ、道路から操車場の中に引っぱり込まれた。さらに付近にあった大きな石ころで被害者の顔面をめった打ちに殴り、それから、死体を引きずって始発電車の最後部の車両の下に入れた。つまり、犯人は電車が動きだすと、そのまま顔が潰《つぶ》れるように仕掛けていることだ。

蒲田駅を中心に捜査員たちの聞込みが行われ、駅付近の、あるトリスバーに、前夜、被害者らしい人物とその連れの客があり、その二人は、この店には初めての客だという。捜査本部が、バーの従業員や、当時居合わせた客、それに、バーの外ですれ違ったギター弾きなどを証人として事情を聞いたとき、全員が一致して言ったのは、被害者に東北弁の訛《なま》りがあったこと、また、女給ふたりから、被害者とその連れは、しきりと「カメダ」という名前を話題にしていたのを聞き込んだ。かくて今西刑事らの足による地道な捜査が始まるのだが、被害者が使ったという東北弁と「カメダ」という言葉から、被害者の身元を洗いだしていく捜査過程に、小説としての無類のリアリティがある。捜査本部は、顔見知りの人間の怨恨による凶行説と決定したが、被害者の身元を徹底して消し去ろうという恐るべき犯人の執念には、逆に自分の身元を完璧に隠蔽せねばならぬという絶対の要請があって、被害者の無残な惨殺死体は、犯人が、当時の地域共同体社会《コミュニティ》では絶対のタブーであった癩（ハンセン病）の父を持つという秘密の重さに対応していよう。

さきにわたしは、日本の推理小説の歴史を辿《たど》って、文壇でも耽美派の谷崎潤一郎、新現実派の佐藤春夫・芥川龍之介らの諸作に探偵推理味が見られる、といった。自然主義には、もちろん奇を狙った面白さはないが、たとえば反自然主義の夏目漱石の「門」（明治四三）などどうであろうか。

正宗白鳥（「夏目漱石論」）は全体的に漱石作品に批判的だったが、「門」の大半を占める宗助夫婦の、隠遁者にも似た坦々たる日常生活の描写を褒めていた。しかし、今回、改めて白鳥の「門」評を読んで、わたしの「門」観とほとんど同じなのに驚いたのである。

肝腎なところを引いておく。

しかし、「門」は、傑れた作品である。（中略）はじめから、腰弁夫婦の平凡な人生を、平凡な筆致で淳々と叙して行くところに、私は親しみをもつて随《つ》いて行かれた。この創作態度や人間を見る目に於て、私は漱石の進境を認めた。――さう思つて読んでゐた。ところが、しまひの方へ近づくと、この腰弁夫婦は異常な過去を有《も》つてゐることが曝露された。私は、旧劇で、鱶七が引抜いて金輪五郎になつたのを見るやうだつた。安官吏宗助実は何某と変つて、急に深刻性を発揮するのに驚かされた。友人の妻を奪つた彼は、「それから」の代助の生れ変りのやうな気がした。さう云へば、はじめから、何かの伏線らしい変な文句がをり〳〵挿まれてゐたのだが、他の小説とはちがつて、「門」にはしみじみとした、衒気のない世相の描写が続いてゐたので、私は、それだけに満足して、貧しい冴えない腰弁生活の心境に同感して、変な伏線なんかをあまり気にしなかつたのであつた。それほど柔順な読者であつたために、後で作者のからくりが分ると、激しい嫌悪を覚えた。宗助が正体を現はしてからの心理も一通り書けてゐるには違いないが、真に迫つたところはなかつた。鎌倉の禅寺へ行くなんか少し巫山戯《ふざけ》てゐる。……作者はどの小説にも〳〵なぜこんな筆法を用ひるのであらうか。腰弁宗助の平凡生活だけでいゝではないか。作者はそれだけで世相を描出し得る手腕を有《も》ってゐるのである。

(『文壇人物評論』所収)

「門」の構成は、推理小説のそれと何か似ていないか。そしてこの小説の致命的な欠陥も、またそこにあるのである。問題は、全「二十三」のうちの「十四」の箇所で、「宗助とお米とは仲の好い夫婦に違いなかつた」という書き出しで始まり、二人にとって絶対に必要なのはお互いだけで、彼らは山の中にいる心を抱いて都会に住んでいた、という。彼らは互いから言えば、道義上切り離すことの出来ない一つの有機体で、彼らは〈むちうたれ〉つつ死に赴くものであった、とある。そしてその原因が、京都の学生時代、宗助が親友の安井の女だったお米を奪ったことにあるというわけだが、漱石の描き方、その事件が周囲に及ぼした波紋など、何とも大げさで空疎としかいいようがない。

谷崎潤一郎は有名な「『門』を評す」（明四三）で、「宗助とお米とは姦通によつて出来上つた夫婦である」と書いている。しかし、この事件はほんとうに「姦通」(4)なのだろうか。まず、小説から経過を辿ると、夏休みが終わって宗助より一週間も遅れて帰り、彼の下宿を浴衣《ゆかた》がけで突然訪ねてきた安井が、「下宿生活はもう已《や》めて、小さな家でも借りようかと思つてゐる」と打ちあける。宗助が一戸を構えた安井の家を訪問したのは、十月に少し間のある学期のはじめで、彼は格子の前で日傘を畳んで内を覗き込んだとき、あらい縞の浴衣を着た女の影をちらと認めた。座敷に通ってしばらく話していたが、さっきの女は全く顔を出さなかった。

次の日曜日、宗助は安井宅を訪ね、突然、お米を紹介される。ここで注目されるのは、安井がお米を「僕の妹《いもと》だ」と言ったことだ。福井の実家へ帰って正式（公的）に結婚したのなら、妻とか家内とか女房とか呼ぶはずだろう。また、最初に訪ねたとき、お米はいたのに顔を出さず、安井が何も言わなかったのも納得しかねる。そのうち、宗助は安井宅でお米と口をきくようになり、いくばくならずして冗談を言うほど親しくなった。安井の留守のとき、長話をしたり、そこまで買物に来たから、と言って、お米が宗助の下宿に寄ったりした。その後、安井はひどいインフルエンザにかかり、少し呼吸器を冒《おか》され、お米とともに京都を離れ、転地する。しばらくして、安井から、すっかり直ったので帰るが、その前にちょっとでよいから来い、という葉書が来て宗助は出掛け、三人揃って三日後、京都に帰って来た。憶測だが、長く横浜にいたという安井は、いったん郷里の福井へ帰ってから横浜へ行き、そこで馴染になっていたお米を、京都へ連れて来たのではないのか。

しかし、小説は急転直下、次のような記述になって、「十四」が終わる。

事は冬の下から春が頭を擡《もた》げる時分に始まつて、散り尽した桜の花が若葉に色を易へる頃に終つた。凡てが生死の戦であつた。青竹を炙って油を絞る程の苦しみであつた。大風は突然不用意の二人を吹き倒したのである。……

世間は容赦なく彼等に徳義上の罪を背負《しょは》せた。……彼等は親を棄てた。親類を棄てた。友達を棄てた。大きく云へば一般の社会を棄てた。もしくは夫等から棄てられた。学校からは無論棄てられた。たゞ表向丈は此方から退学した事になつて、形式の上に人間らしい迹を留めた。

是が宗助とお米の過去であつた。

以後の転調は、「最後にいたって、〝絵解き〟の部分がはいると、俄然〝文学性〟は地下にもぐってしまう。絵解きぐらい非文学的な、通俗的な論理はない」(松本清張)という推理小説の必然性とまったくパラレルである。「砂の器」も、今西栄太郎刑事によって、犯人の割り出しとその完全犯罪が徐々に突き崩されてゆく過程(つまり、罪人の物語)に無類の文学的リアリティがあるが、犯人が作曲家和賀英良と特定され、最後の捜査報告がなされる場面以後(いわゆる解決編)では、今西は単なる審判者・型どおりの刑事と化し、かつてあった人間的魅力を失うのだ。その点は、宗助についても言えよう。

[注]

(1)『新潮世界文学辞典』(平成二)。

（2）同上。
（3）後の調べで、映画では「紙吹雪の女」はバーのホステス「高木理恵子」となっていたことが判った。
（4）戦前の「姦通」は現在安易に使われている「不倫」とは訳が違う。旧刑法一八三条に規定されていた犯罪で、夫のある婦人が夫以外の男性と性交したとき、その婦人および相姦者である男性を、本夫の告訴をまって処罰した（二年以下の懲役）。北原白秋は松下俊子の夫から姦通罪で告訴されて拘留、弟鉄雄の奔走で無罪免訴となったが名声は地に落ち、世人の蔑視と冷笑を浴びた。有島武郎が波多野秋子と心中したのも、白秋の二の舞だけは断じて避けたかったからだろう。

Ⅵ 『雁の寺』から『金閣炎上』へ

四 「純文学論争」と「雁の寺」

一九六一年（昭和三六）半ばから翌年にかけて、ほぼ一年間つづいた文壇あげての論争に「純文学論争」というのがあった。その主要論文は『戦後文学論争　下巻』（昭和四七、番町書房）に収められていて、〔解題〕をわたしが書いている。その末尾に、「総じて、ケンケンゴウゴウの大論争であったわりには、大山鳴動してネズミ一匹の感なきにしもあらずであった」と付記しているが、論争そのものの性格を要領よく解説批評したものとして、福田恆存の「文壇的な、餘りに文壇的な」（「新潮」昭和三七・四）が出色のものである。ただ、ここには収録しなかったが、平野氏が「再説・純文学変質」（「群像」昭和三七・三）で触れている平野謙・伊藤整・山本健吉の三氏による座談会「純文学と大衆文学」での平野発言――「つまり一九二二年から一九三五年までの十三年間に今日私たちがイメージとして浮かべるような純文学という概念が発生し、固定し、同時に変質しかけた」「日本の近代小説がヨーロッパの近代小説をモデルとして、その大前提のもとにいわゆる純文学も発達したということはもちろんだけど、とくにカッコつきの『純』文学というものはだいたい今いったような期間に発生し、固定した歴史的な概念だというふうに思う」という平野氏のいわゆる〈純文学歴史的概念説〉を主軸として考えないと、当時その存在と価値を問われていた純文学の変質ということの問題提起も理解できぬので、「純文学」という用語はすでに北村透谷が用いている、いや、もっと早く内田不知庵の『文学一斑《いっぱん》』（明治二五）のなかに見えるなどの発言は、平野・伊藤両氏にとって無用のわざくれだったのだ。福田恆存はさきの座談会について、「平野・伊藤両氏の親密な交歓に終つて、山本氏は密会に立会つた気の利かぬ第三者のやうに邪魔者扱ひにされてゐる」と評しているが、『古典と現代文学』（昭和三〇）の作者にとって、独自に発達した一九二〇年代以後の日本の文壇文学の（trivial《トリビアル》）な問題に興ずるふたりの会話に割り込む余地はなかったろう。

しかし、この論争でもっともわたしに面白かったのは、伊藤整の「『純』文学は存在し得るか」（「群像」昭和三六・一一）である。この論争の経緯については、さきに触れた『戦後文学論争』の〈解題〉にゆずるとして、平野謙が「朝日新聞」（昭和三六・九・一三）に書いた「『群像』十五周年によせて」やその他の新聞で、「日本の純文学なるものの概念にはあまり深い根拠があるわけでない、といふ感じの一行を書いたことが、わたしにとつてはショックであつた」と伊藤整はいう。簡単に要約すると、彼が一年近く日本を離れていた間に、日本の文壇が大きく様変わりしたということで、その最も大きな変化は、推理小説の際立った流行である。そんなこと「純」文学と関係ないではないかというかも知れないが、松本清張・水上《みずかみ》勉というような花形作家が出て、前者が、プロレタリア文学が昭和初年以来企てて果さなかった資本主義社会の暗黒の描出に成功し、後者が自分の読んだところでは「雁の寺」の作風によって、私小説的なムード小説と推理小説の結びつきに成功すると、純文学は単独で存在し得るという根拠が薄弱に見えてくるのも必然のことだ。

　私の言ひたいことは次の点である。今の純文学は中間小説それ自体の繁栄によつて脅やかされてゐるのではない。純文学の理想像が持つてゐた二つの極を、前記の二人を代表とする推理小説の作風によつて、あつさりと引き継がれてしまつたことに当惑してゐるらしいのである。

　そして、「雁の寺」に見る限り、その細密周到な私小説のムードと探偵小説の手法の結びつきは、凡手の為し得る所でないことは明らかである、と正当に評価しながらも、「私の得たこの作家の手法についての印象は、私小説の魂と言ふべき部分が、その尊厳を抜きにして、利用し得る古風なカラクリとして換骨奪胎されてしまつた」（傍点大久保）と伊藤整じしんの、その「当惑」ぶりの核心を率直に書いている。以上の、とくに傍点部分に現われた史的評価を分析すれば、平野謙と伊藤整は、それに「風俗小説論」（昭和二五）の中村光夫も加えて一つ穴の狢《むじな》といっていい。

　伊藤整のいうように「雁の寺」（「別冊文芸春秋」昭和三六・三）は、私小説的な枠組と推理小説の方法を合体させた作品だが、水上勉が自己の鉱脈を掘り当て直木賞を受賞し作家として自立したこの小説は、何よりも写実に徹して人間を描こうとした物語なので、それがいかに困難な作業であったか、作者が推理小説の弱点を知っていただけにその苦労のほどがよく分る。この小説は推理小説という枠を超えて濃密なリアリティを具備した日本の純文学の傑作といっていいが、慈念が和尚の慈海を殺して以後のいわゆる〈絵解き〉の終末の部分、「解決編」をどう処理したか、まずは小説の展開そのものを追って見ていこう。

四百字詰百二十枚のこの小説は、全八章から成り、「一」は「鳥獣の画を描いて、京都画壇に名をはせた岸本南嶽《なんがく》が、丸太町東洞院《ひがしのとういん》の角にあった黒板塀《くろいたべい》にかこまれた平べったい屋敷の奥の部屋で死んだのは昭和八年の秋である」という書き出しで始まる。精力家として知られ女遊びも人一倍だった南嶽が、蟷螂《かまきり》のように痩《や》せ、咽喉《のど》をならし苦しみもがいて死んだその前日、檀家総代でもあった当の岸本家を、衣笠山麓《きぬがささんろく》の狐峯庵《こほうあん》の住職、北見慈海《じかい》が見舞かたがた訪ねてきて、昨日、得度式をあげたという十二、三歳としか思えない背のひくい小坊主の慈念《じねん》を紹介する。剃っているので、頭の鉢《はち》の大きなのがへんに目立ち、額が前へ飛び出ていて、ひどい奥眼《おくめ》なので顔がせまく見える。ずいぶん陰気な小僧を入れたものだな、と南嶽の弟子の南窓は思ったという。その折、「和尚《おっ》さん、さとを頼んますよ」と南嶽がかすれ声で頼んで、瞼を閉じた。さとというのは桐原里子のことで、南嶽が囲っていた女。三十二だが、小柄《こがら》で、ぽちゃっとしており、胴のくびれた男好きのするタイプで、美貌だった。岸本南嶽は念の入った大作となると、いつも狐峯庵の書院を借りて仕事をするのが習慣で、里子を連れて一夏何もせず書院で暮らしたとき、「これはな、わしの描いた雁《がん》や」といって、狐峯庵の庫裡《くり》の杉戸から本堂に至る廊下、それから、下間《げかん》、内陣、上間《じょうかん》と、四枚襖《ぶすま》のどれにも描かれてある雁の絵を里子に見せて歩いた。この夏、三人はよく書院で酒を呑んだもので、慈海は南嶽より十歳も若かったが、南嶽に似て精悍《せいかん》な軀《からだ》と顔をしていて、里子とも性が合った。

慈海には妻はなかったが、里子を見つめるとき、眼に好色な光りが宿り、里子は南嶽に、「和尚《おっ》さんの眼ェがこわい」とよく言った。慈海が自分を好いていることを知っていたのだ。

初七日が来たとき、葬式に出るわけにはゆかなかった桐原里子は、喪服を着て狐峯庵の門をくぐる。応対に出たのは、里子には初対面の慈念で、鉢頭の大きな、眼のひっこんだ小坊主が板間に膝《ひざ》をついて庫裡の煤《すす》けた柱を背にしたとき、いやに大人っぽく見えて、里子は途惑《とまど》う。やがて慈海が出てきて本陣に案内され、里子は香を焚《た》き、「さ、あっちへゆこ、いっぱい薬酒をさしあげよう」と、うきうきして言う慈海に誘われて、はじめて隠寮の六畳の慈海の部屋へ通り、久し振りに酒を呑んだ里子は、その夜、慈海の女になる。桐原里子が、狐峯庵の庫裡に住むようになったのはその翌日からで、南嶽の初七日が里子の入山式になったわけだ。

この小説では主に里子の視点から、慈念と慈海との一種の三角関係が描かれ、とくに、庫裡の玄関横の三畳の板の間が寝所できびしい禅寺の作務《さむ》に耐える孤独な慈念と、逆に、酒色におぼれ朝の勤行《ごんぎょう》まで慈念にまかせ、その読経をききながら里子を愛撫する師の慈海の頽落ぶりが外側からの写実に徹した筆致で炙り出される。いわば里子は、慈念の孤独とかかわりつづける唯一の存在なので、外界への憎悪が肉欲におぼれて酷薄な所業を強いる和尚（慈海）に一本化されついには殺意に凝縮するのを見届けたのも里子なのだ。

当初、頭が大きく、軀《からだ》が小さく、片輪のようで、見た目の暗い陰気な少年の慈念の生い立ちが気になって、どこで見つけて来たのか、和尚と寝ていて里子がたずねたとき、若狭《わかさ》の寺大工の子で、若狭本郷の西安寺の和尚が連れてきたという。その西安寺の黙堂和尚が本山への出張で泊まったとき、慈念の村でのことを訊いてみると、女乞食が孕《はら》んで阿弥陀堂《あみだどう》で子を産《う》み、男気のある大工が捨吉と名付けて引取って育てたという。その夜、慈海は珍しく軀をほしがらずすぐ寝ついたが、里子は慈念の生い立ちのことが気になって眠れず、慈海の床からしずかに起きあがって、慈念の部屋へ行く。そして小机に向って写経している慈念の傍《そば》に坐り込み、愛《いと》しさに耐えられず慈念を羽交《はが》いじめに抱きしめる。彼女は激情に駆られて、乳房のあいだへ慈念の顔を押しつけ、「なんでもあげる。うちのものなんでもあげる」といった。すると、慈念は急に軀ごと力を入れて、里子を押し倒す。

「五」に描かれたこの事件以後、慈海への慈念の憎悪が明確な殺意に変るので、推理小説の定式といっていい最終章の「八」の「絵解き」（解決編）で、里子と連夜の狂態を演じながら自分へは苛酷な日課を強いる和尚への慈念の内面が描かれる。慈念がつらい日課のあいまに、頭にえがいた夢はただ一つきりで、「それは苦しいながらも、なじんできた寺の生活を利用して、時間さえうまくやれば葬式の棺《かん》桶《おけ》に死体を詰めて殺人ができるという思いつき」だった。

彼は、孤峯庵の檀家の久間平吉の亡父の三周忌に読経をあげに行くよう和尚から言われ、和尚の消息を尋ねられたついでに、「和尚《おっ》さんは、修行に出たいいうてはります」と答えている。中の間で大きないびきをかいて寝ている平吉の兄の平三郎は、喀血《かっけつ》を二度して意識不明で三日目だと、あきらめ顔の平吉から聞く。その帰途、慈念は刃物屋に立ち寄り、肥後守《ひごのかみ》を買った。西安寺の住職がくれた金《かね》に違いなかった。

慈海は、慈念が今出川の久間家へ出掛けた直後、すぐ隠寮にきて里子を激しく愛撫し、一人で身仕度をして源光寺に碁を打ちに出かけて行って、そのまま帰らなかった。平吉の兄の久間平三郎が死んだのは、その翌朝である。平三郎の棺は七時半に孤峯庵に着き、通夜の読経は、駈けつけた源光寺の雪州が書院の間で紫衣《しい》に着かえ、徳全を侍者にしたてて、すませた。慈念が維那《いのう》をつとめた。

葬式は源光寺の雪州和尚の引導で行われ、一時から始まった読経は三時に終了、埋葬は四時にすんだ。

久間家の葬式がすんで十日たった日の朝、慈念は本堂にきて、内陣に入ったが、南嶽《なんがく》の雁をみたとき、慈念の眼は異様な光りをたたえていた。松の葉蔭《はかげ》の子供雁と、餌《え》をふくませている母親雁の絵の前であった。慈念は力いっぱい母親雁の襖絵に指を突込んで破り取った。そこだけに穴があき、和紙の下貼《したば》りが出て桟木《さんぎ》が露出した。

孤峯庵から、慈念が姿を消したのは、その翌日のことであった。住持北見慈海が失踪して、じつに十三日目のことである。

本堂に来て、四枚目の襖の下方を見たとき、一羽の雁がそこだけむしり取られているのをみて、すぐ、慈念の仕業《しわざ》に違いないと思ったのは里子である。慈念が、よく内陣へ入るたびに、この襖絵の一点を見詰めていた姿を思い出したからだ。里子は母親雁をむしり捕った慈念に哀れを覚える。ところが、ふとそのあとで、慈念が母親雁を破いたことと、慈海の失踪したこととが関連しているのではないかという奇妙な疑念を抱いたとき、彼女の背筋に恐ろしい戦慄《せんりつ》が走った、と書かれている。

ここでの文脈でいえば、里子は慈念の孤独の核心に、永遠に〈愛〉から拒まれている不幸な魂を見たのだ。その根源にあるのが、自分を捨てた母であり、自分に屈辱と酷薄な運命を強いた堕落和尚の慈海であった。綿毛の羽毛に包まれて啼《な》く子雁に餌をふくませている、白いむく毛に胸ふくらませた母親雁の構図こそ、まさに至福の象徴であり、そこから永遠に拒まれて在《あ》る慈念にとって、母親雁は憎しみと怒り、哀しみの対象以外の何物でもなかったのだ。

五　描写で一貫させた「雁の寺」

一九五九年（昭和三四）、日共のトラック部隊をテーマとした『霧と影』を書き下ろし出版して再出発、二年後、水俣《みなまた》病に取材した『海の牙《きば》』（昭和三五刊）で探偵作家クラブ賞を受け、社会派推理小説の新人として地歩を固めた水上勉は、社会派作家のレッテルを貼られ、「正直、どこか空しさをかくせなかった」（「私の履歴書」昭和六三）という。中山義秀に何かのパーティーで会ったとき、「人間を書きなさい。人間が書けてなければ社会もへったくれもないよ、きみ」そんな意味のことを、きびしい眼つきで睨《にら》みつけられて言われた時には冷えた。「ぼくは中山氏に生皮をめくられる思いがした。そうだ、そのとおりだ。人間を書かねばならぬ。『雁の寺』にとりかかったのはその直後だった」。

ここで水上勉と宇野浩二との出会い、実は中山義秀も宇野の示唆によって「厚物咲《あつものざき》」（昭和一三）で自己の鉱脈を掘り当てたことについて書いておこう。

水上勉に『宇野浩二伝』（昭和四六、上・下二巻）の大著のあるのはよく知られているが、彼が宇野浩二と出会ったのは、編集者時代の敗戦直後の一九四六年（昭和二一）の夏、「子を貸し屋」（大正一二）の出版許可を求めて、信州松本に疎開中の家を訪ねて以来のこと。「この日から、ぼくは宇野先生からハガキがきて、何やかや、東京の情報を先生にお知らせする役目をうけもつようになった」というのだ。

〈文学の鬼〉といわれた宇野浩二の写実の厳しさについて、中山義秀「残花なほ存す」（「文学界」昭和二六・六）の回想がある。

写実派の大家、宇野浩二の所へ私を伴つて行つてくれたのは、田畑（修一郎―大久保注）である。私は宇野氏から斎藤茂吉の著書を示唆された。齋藤氏の短歌写生説や島木赤彦の『歌道小見』[1]は、当時の私の血肉となつた。

「あゝいふきびしい主張に感心してゐては、小説はむづかしくつて書けまい」

横光氏がその頃、私に向つて云つたが、まさにその通りであつた。写生に徹して、象徴の域に達する――それは芸術の本道であるにしても、なまなかの精神では及びがたい。しかし、齋藤氏や島木氏の厳正な主張は、その後の風雨にたへる、私の精神の支柱となつた。

引用が続いて申し訳ないが、水上勉は「雁の寺」の意図について、こう書いている。

九歳で若狭の村を出て、世話になった寺のことや、和尚さまや、奥さまの思い出を下敷きにして小説にしてみよう。しかし、『文芸春秋』からの註文は推理小説だった。殺人がなければ没になる。ぼくは、事実の思い出を遠くへ押しやって、架空の寺院を衣笠山麓に建立し、そこに架空の和尚夫妻と小僧を住まわせ、三人の不思議な庫裡生活を描き出した上で和尚殺しを企んだ。

わたしの憶測だが、宇野浩二に師事した水上勉もまた、中山義秀同様、茂吉の短歌写生説や赤彦の

『歌道小見』に導かれて写実に徹することを学んだのだろう。「雁の寺」やそれに続く大作「飢餓海峡」(昭和三七)の、推理小説作者には珍しい濃密なリアリティをもった凝縮度の高い文体がそのことを物語っている。問題は、推理小説の宿命ともいうべき〈絵解き〉の結末の部分をどう処理するかで、「雁の寺」の作者の苦悩もそこにあったようだ。

その模様を「私の履歴書」は、「いよいよ大詰めにきて、和尚殺しの場にきたが、筆がすすまない。新宿の酒場へ逃げてゆくと、十返《とがえり》肇《はじめ》氏が呑んでおられた。『その小説が文学になっていたらへネシー一本かけるよ』と十返さんはいった。ぼくは、結末の思案がつかず、うろうろ歩いて、結局、最後の章は板橋の凸版印刷の校正室で書いた」と記している。

推理小説というものにまったく無智であった以前、「雁の寺」を読み、その描写力に感服し、これはほとんど完璧に近い傑作だと思った。酒色におぼれ衰えを増す放埓《ほうらつ》な和尚の慈海と対照的に、劣等感のかたまりで陰湿きわまりない小坊主の慈念のうちに殺意が尖鋭化する。しかし、今回改めて読んで、最終章「八」に作者の苦渋を見た。それまでは控え目で何事にも受身であった慈念が、ここでは、和尚殺害の実行犯として大写しにされ、いったん死体は内陣の倉庫の暗がりに筵《むしろ》をかぶせて置かれたあと、平三郎の棺に押し込まれて、釘打たれる。すべては計画どおりの隠密な行動であった。描写は省筆され、いっさいの説明がないので、衣笠山麓の墓地に埋葬するため、棺を担《にな》った親族のひとりが、「どえらい重い仏やな」とかすれ声でつぶやいた一言《ひとこと》が強く印象に残る。徹底して描写で一貫させた「雁の寺」は、〈絵解き〉の結末を文学に高めた数《かず》少ない推理小説の傑作といえよう。

六　「金閣炎上」と三島由紀夫の「金閣寺」

鹿苑寺の金閣が焼亡したのは、一九五〇年（昭和二五）七月二日である。この事件は三島由紀夫の名作「金閣寺」（昭和三一）として虚構化され『仮面の告白』（昭和二四）につづく三島文学の中期の絶巓《ぜってん》として評価も高い。それに較べて、水上勉が二十年の歳月をかけて完成した「金閣炎上」（昭和五四）は、水上文学を理解するうえで必須の作品であるにかかわらず、まったく無視されている。(2) たとえばわたしは「雁の寺」の慈念の犯行の背後にも、金閣焼亡の犯人林　養賢《はやししょうけん》が抱えたとおなじ禅寺の徒弟制度の矛盾の露呈という側面をみている。いや、もしかすると水上氏は、故郷を同じくし、同じ相国寺派で修業をし、一度だけ会ったことのある林養賢が、なぜ金閣を焼かねばならなかったのかを調べてゆく過程で、「雁の寺」の構想を得たのかも知れない。

三島由紀夫の「金閣寺」を「観念的私小説」といった中村光夫の評言は有名だが、この小説の特徴は、主人公「私」（溝口）のモノローグ形式で書かれ、外界はすべて語り手である主人公の内面にうつった形姿として描かれ、主人公の相対化はいっさいなく、主人公一元の視点から一貫して描出される。三島由紀夫も、犯人林養賢について彼なりに徹底して調べて書いたことは事実なのだが、すべてが、事実としての具体例で書かれることなく、現実と切れたかたちの別次元の観念世界として造型されている。金閣の美と吃音者の「私」という構図が原型なのだが、僻地の貧しい寺に生まれた彼は、少年時から京の金閣の美を父から聞かされ、その幻影をみずからのうちに育ててゆく。父に連れられ初めて金閣を見た溝口は、幻影の金閣に較べ、それが「古い黒ずんだ小つぽけな三階建にすぎ」ず、失望するが、在所《ざいしょ》（叔父の家）へ帰って後は、また美しさを蘇らせ、前よりももっと美しい金閣になる。そして父の遺言どおり京都へ出て、金閣寺の徒弟になった溝口は、在所で吃音を罵倒され有為子（美の代理形成）に拒まれて以来、彼方《かなた》にあった金閣と、戦争の激化とともに共生関係になるわけだ。

それから終戦までの一年間が、私が金閣と最も親しみ、その安否を気づかひ、その美に溺れた時期である。どちらかといへば、金閣を私と同じ高さにまで引下げ、さういふ仮定の下に、怖れげもなく金閣を愛することのできた時期である。私はまだ金閣から、悪しき影響、あるひはその毒を受けてゐなかつた。

この世に私と金閣との共通の危難のあることが私をはげました。美と私とを結ぶ媒立《なかだち》が見つかつたのだ。私を拒絶し、私を疎外してゐるやうに思はれたものとの間に、橋が懸けられたと私は感じた。

私を焼き亡ぼす火は金閣をも焼き亡ぼすだらうといふ考へは、私をほどんど酔はせたのである。

そして戦争が終わる。

『金閣と私との関係は絶たれたんだ』と私は考へた。『これで私と金閣とが同じ世界に住んでゐるといふ夢想は崩れた。またもとの、もとよりももつと望みのない事態がはじまる。美がそこにをり、私はこちらにゐるといふ事態。この世のつづくかぎり渝らぬ事態……。』

敗戦は私にとつては、かうした絶望の体験に他ならなかつた。今も私の前には、八月十五日の焔のやうな夏の光りが見える。すべての価値が崩壊したと人は言ふが、私の内にはその逆に、永遠が目ざめ、蘇り、その権利を主張した。金閣がそこに未来永劫存在するといふことを語つてゐる永遠。これを『仮面の告白』の主人公「私」の八・一五体験と重ね合わせてみるがいい。中村光夫が「金閣寺」を「観念的私小説」と呼んだこととの意味もよく分るだろう。

溝口が金閣を焼いたことの行為には、自己を呪縛しつづける美と美意識を断ち切って、人生につながろうとする決意があって、そこには認識者から行為者への転進への夢が托されていることになる。それは同時に、三島由紀夫じしんのその後の道ゆきを暗示していないか。

水上勉の「金閣炎上」は、作風も動機も三島由紀夫の「金閣寺」と対蹠的で、それはわたしに、青野季吉などの初期プロレタリア文学の「調べた芸術」の主張を想起させる。作者は「あとがき」で、「事件が起きて、三十年近くなるのだが、私は犯人の林養賢君と縁も深かったし、在所も近かったので、彼がなぜ金閣に放火したか、そのことを、つきつめて考えてみたかった。……いろいろと周囲のことを調べ、事件にかかわった人から話をきいてゆくうちに、私なりの考えがまとまっていったことも事実である。その時間に二十年かかったというのである。作品はつまり、この歳月の報告である」という。しかし、これは三島の「金閣寺」が現実の事件を藉りた〈拵えもの〉の物語であるのとまったく逆に、事件そのものを追跡しつつ主人公林養賢の生い立ちからその死までを周辺の人びとの証言で再現し、最後に、いくら探しても見つからなかった養賢と母志満子の墓の記述で終わっている。林養賢の二十七年の生涯を描く語り手ともいうべき「私」は、かつて京都の相国寺塔頭《たっちゅう》の小僧で還俗《げんぞく》し、成生《なりう》の岬に近い高野の分教場で、敗戦間際、教師をしていた。「私」が成生の西徳寺の息子で金閣寺の小僧をしているという中学生の林養賢と出会ったのは、昭和十九年の八月はじめということで、「私」と同郷の先輩と一緒だった。物語の冒頭のたった一度のこの出会いの場面は、周辺の情景描写とともに実に印象的に描かれている。

つづいて、浦和の農家の土蔵を借りて住んでいた頃、「国宝金閣焼ける」という大見出しで出た毎日新聞の号外で、青葉山うらで逢った吃音少年の犯行と知り異常な衝撃を受け、子を連れて駅へ新聞買いに通い、三日目、西陣署へ面会に行った養賢の母志満子が、養賢に面会を拒否され、帰途、車輛の連結点から保津川に身を投げたとの記事を読んで暗然とする。奉公に出る若狭の子に保津川は分去《わかさ》れの川であって、年少で若狭を出た「私」にとって想いは深い。つづいて「私」が取材のため五度訪ねた成生《なりう》部落について、二十二戸しかないこの村が寒村に見えて内実は裕福だということ。だが、西徳寺は部落の家々の豪勢さに較べて実に貧相で、谷底に隠れたようにあり、しかも神社の裏で、宮の敷地を借りたように建っている破《や》れ寺だった。

父道源は肺結核で死に、息子の養賢も刑期満ちて宇治市の洛南病院に入院、多量の喀血《かっけつ》で死亡する。水上氏は再々の成生訪問で、小林淳鏡（「金閣放火僧の病誌」）のいう、養賢の母への反抗の理由が「村民としばしば悶着」「真偽不明だが素行上に不評」云々によるものなのか、会う人ごとに訊《たず》ねまわったが、浮気っぽいところはまったくなく、気位が高く、冷たい感じで、潮くさい男をきらい通した、というのが事実らしい。小林淳鏡はさきの報告書の最後で、次のように書いている。

金閣は林にとって、聖美なるものとして最も愛好すると共に、妄想的とは云え住職となって支配することの出来ない憎悪の対象であり、林の母の愛への憧憬と母に対する憎悪との関係に似ている。それ故に金閣は母の代償的象徴でもあり、従って放火自殺は、金閣と自己の壊滅により、この両価性の矛盾、苦悩を否定的に解決しようとする意味が考えられる。

果して、そうだろうか。水上氏によると、林養賢の供述には、収入の多い金閣を支配しながらも、禅僧としてのたてまえを云い、夜ごと隠寮へ酒をつぎにこさせて、ついでにその場で説教する和尚への反感にあふれている。「師匠の生き方に絶望した小僧はどこへゆくのだろう。金閣さえ焼いてしまえば、という発想をもつにいたる経過を彼は率直に告白している」（傍点大久保）と水上氏はいう。わたしも、氏が再々いうように、林養賢に金閣放火を決意させたものは、金閣寺内の事情をおいて考えられない、と思う。当時、京都市内の新聞記者で、現場に急行した司馬遼太郎（福田定一記者）は、七月三日午後、和尚と会見する前に、小僧か誰かの案内で、隠寮へ出向く途中、庫裡の板の間の壁に掛けてあった黒板に白墨で書かれている異様な字を見た、という。走り書きで、「また焼いたるぞ」とあった。三日にはすでに林養賢は逮捕され、西陣署にいた。水上氏は、「『また焼いたるぞ』という文の意味からして、金閣の炎上を見た者が、そういうことばを走り書きしたというしかない」と記している。

［注］

（1） 原文では「歌道小言」となっているが、「歌道小見」が正しい。

（2） 『新潮文学辞典』（昭和六三）の「水上勉」の項の尾崎秀樹「解説」に「五番町夕霧楼」はあっても

「金閣炎上」の作品名の記載はなく、三島由紀夫の『金閣寺』の著名さに較べ、ほとんど論じられていない。

第二部

大衆化社会　作家と作品

I 〈演技〉と〈道化〉——三島由紀夫と太宰治

三島由紀夫と太宰治は、敗戦直後、一度顔を合わせている。三島の『私の遍歴時代』(講談社、昭和三九刊)によると、太宰の「斜陽」(「新潮」昭和二二・七〜一〇)の連載の終わった秋ごろで、熱狂的な太宰ファンであった矢代静一とその仲間たちに、うなぎ屋のようなところの二階らしい座敷に案内され、盃《さかずき》をもらったという。彼がそのとき、「僕は太宰さんの文学はきらいなんです」と言うと、その瞬間、太宰はふっと若い三島の顔を見つめ、軽く身を引き、虚をつかれたような表情をしたが、たちまち体を崩すと、隣の亀井勝一郎のほうを向いて、誰へ言うともなく、「そんなことを言ったって、こうして来てるんだから、やっぱり好きなんだよな。なあ、やっぱり好きなんだ」といったらしい。

三島は以上の太宰との出会いにコメントして、「私と太宰氏のちがいは、ひいては二人の文学のちがいは、私は金輪際、『こうして来てるんだから、好きなんだ』などとは言わないだろうことである」と付け加えた。また、別の個所で、「もちろん私は氏の稀有の才能は認めるが、最初からこれほど私に生理的反発を感じさせた作家もめずらしいのは、あるいは愛憎の法則によって、氏は私のもっとも隠したがっていた部分を故意に露出する型の作家であったためかもしれない。従って、多くの文学青年が氏の文学の中に、自分の肖像画を発見して喜ぶ同じ地点で、私はあわてて顔をそむけたのかもしれないのである」と書いている。

わたしが三島の太宰嫌いの弁に衝撃を受けたのは、『私の遍歴時代』より八、九年ほど早い『小説家の休暇』（講談社、昭和三〇刊）中の「太宰治について」であった。ここで三島は、「太宰のもつてゐた性格的欠陥は、少くともその半分が、冷水摩擦や器械体操や規則的な生活で治される筈だつた。生活で解決すべきことに芸術を煩はしてはならないのだ。いささか逆説を弄すると、治りたがらない病人などには本当の病人の資格がない」と激烈に批判し、最後を、「ドン・キホーテは作中人物にすぎぬ。セルヴァンテスは、ドン・キホーテではなかつた。どうして日本の或る種の小説家は、作中人物たらんとする奇妙な衝動にかられるのであらうか」と結んだのだ。

以上の三島の二つの時期における太宰嫌いの弁には、ある種のブレが感じられる。『小説家の休暇』の三島はまさしく森鷗外の直系で、生活のなかに文学を持ち込み、文学のなかに生活を持ち込む自然主義以後の私小説的発想を潔癖に拒否していた。この場合の太宰批判はいわば日本の私小説家の典型といっていい太宰文学へのそれなのだが、『私の遍歴時代』では、むしろ太宰との同質性を認めている。簡単に言えば、三島は太宰と資質的にまったく逆のタイプの作家だということだ。わたしのいう同質性とは、芸術家としての絶対必要条件としての異端性《エトランシユテ》ということで、拒まれてある者の位相において、両者は等質といっていい。両者が異なるのは、現実へのかかわり方においてなので、太宰における〈道化〉、三島における〈演技〉がその徴表だろう。このことについては別に触れるが、問題なのは、亡くなる寸前、三島が、「おれは太宰と同じなんだ」と言ったことの意味である。

三島由紀夫が、陸上自衛隊市ヶ谷駐屯地東部方面総監室に乱入、バルコニーから自衛隊員に決起を呼びかけ、自刃するのは一九七〇年（昭和四五）十一月二十五日だが、檄文に「もう待てぬ」と書いた三島と、直前の十月、村松剛が会ったとき、「おれはね、このごろはひとが家具を買いに行くというそのはなしをきいても、吐気がするのだ」と言ったという。「家庭の幸福は人類の敵。――それじゃ、太宰治と同じじゃないか、とぼくはいった。『そうだよ。おれは太宰と同じなんだ』」（村松剛『三島由紀夫―その生と死』文芸春秋、昭和四六刊）。

三島の死は、本来、セルヴァンテスとしてあるべき男が、ドン・キホーテとして死んだ死と映るかも知れない。その意味では、芸術と生活を峻別して出発した三島も、日本の大方の小説家と同じように、両者を混同して死んだといえるだろう。〈絹と明察〉とは三島の小説の表題だが、三島の晩年は純にっぽん製としての〈絹〉の跳梁だけがあって、明察家としてのサンチョ・バンザの目が不在だった。ここでは、太宰治の文学的生涯と対比させて、自決にいたるまでの三島の道程をアウトライン的に辿ることにする。両者を対比することで、日本の近代作家の宿命の一端に触れ得るはずである。

三島の出世作である『仮面の告白』（河出書房、昭和二四刊）と太宰の晩年の「人間失格」（「展望」昭和二三・六～八）とは、自伝的小説として好一対のものである。何よりも注目されるのは、物心がついて以後の両者の主人公の他者へのかかわり方の違いだろう。『仮面の告白』は、「永いあひだ、私は自分が生れたときの光景を見たことがあると言ひ張つてゐた」という書き出しで始まっているが、この冒頭の一句はきわめて暗示的で、徹底して見る人であった作者の稟質を端的に語っていよう。そしてついて、幼年期の「私」が、汚穢屋（糞尿汲取人）の若者や、花電車の運転手、地下鉄の切符切り、兵士の匂いに惹かれ、それらから、きわめて感覚的な意味での「悲劇的なもの」を感じ取った事実が記される。それを「私」は分析して、「私の官能がそれを求めしかも私に拒まれてゐる或る場所で、私に関係なしに行はれる生活や事件、その人々、これらが私の『悲劇的なもの』の定義であり、そこから私が永遠に拒まれてゐるといふ悲哀が、いつも彼ら及び彼らの生活の上に転化され夢みられて、辛うじて私は私自身の悲哀を通して、そこに与らうとしてゐるものらしかつた」という。

病弱の「私」は、祖母の溺愛の下に女の子同様に育てられるが、そういう「私」でも、外では一人の「男の子」であることが要求される。「心に染まぬ演技がはじまつた。人の目に私の演技と映るものが私にとつては本質に還らうといふ要求の表はれであり、人の目に自然な私と映るものこそ私の演技であるといふメカニズムを、このころからおぼろげに私は理解しはじめ」る。

ここに描かれた二つのもののうち、「永遠に拒まれてゐる」という孤独の位相は、さきにも触れたが、エトランシュテ（異端性）を先験的な条件とする芸術家の比喩といってよく、また、〈演技〉とは、そうした異端者が社会とつながるために必然に身にまとう一つの方法といっていい。トーマス・マン『トニオ・クレーゲル』中の、「一体この、芸術家つて奴は内面的にはいつも相当ないかさま師ですからね、うはべだけは、仕方がない、服でもきちんと整へてゐるべきなんですよ、さうして尋常な人間なみに振舞はなくてはいけないんです」（高橋義孝訳）というトニオの言葉に共感し身をもって生きたのが三島由紀夫だが、こうした観点からいえば、三島は『仮面の告白』で、芸術家としての自己の怪物性を剔抉したともみられよう。

太宰治の場合はどうか。「恥の多い生涯を送って来ました」という書き出しで始まる「人間失格」の主人公の「自分」は、東北の田舎に生まれたので、汽車をはじめて見たのは、よほど大きくなってからだが、停車場のブリッジを、上って、降りて、それが線路をまたぎ越えるために造られたものだということにはまるで気づかず、ただそれは停車場の構内を外国の遊戯場みたいに、複雑に楽しく、ハイカラにするためにのみ、設備せられてあるものだとばかり思っていたらしい。が、のちにそれはただ旅客が線路をまたぎ越えるためだけの実利的な階段にすぎないのを発見して、にわかに興が覚めたという。

その他、絵本で地下鉄道というのを見て、地上の車に乗るよりは、地下の車に乗ったほうが風《ふう》がわりで面白い遊びだから、と思ったり、病弱でよく寝込みながら、敷布、枕のカヴァ、掛蒲団のカヴァを、つくづく、つまらない装飾だと思い、それが案外に実用品だったことを、二十歳ちかくに分って、人間のつましさに暗然とし、悲しい思いをした、と書いている。

以上の挿話は、実用の世界に対する「自分」の違和感を鮮明に語っているが、ジクムント・フロイト流にいえば、快感原則に生きる「自分」にとって、現実原則の「大人」の世界はまるで馴染めぬものだったのだ。

永遠に〈子〉でありつづけたい願望を根づよく持つこの拒まれた主人公が、他者とつながるために取った方法が〈道化〉ということで、こう説明している。

それは、自分の、人間に対する最後の求愛でした。自分は、人間を極度に恐れてゐながら、それでゐて、人間を、どうしても思ひ切れなかつたらしいのです。さうして自分は、この道化の一線でわづかに人間につながる事が出来たのでした。おもてでは、絶えず笑顔をつくりながらも、内心は必死の、それこそ千番に一番の兼ね合ひとでもいふべき危機一髪の、油汗流してのサーヴィスでした。

さきに紹介した『小説家の休暇』のなかの「太宰治について」で、三島は、「強さは弱さよりも佳く、鞏固な意志は優柔不断よりも佳く、独立不羈は甘えよりも佳く、征服者は道化よりも佳い。太宰の文学に接するたびに、その不具者のやうな弱々しい文体に接するたびに、私の感じるのは、強大な世俗的徳目に対してすぐ受難の表情をうかべてみせたこの男の狡猾さである」と書いている。簡単にいえば、〈道化〉とは、自己の人間的弱点を誇大に露出することで相手を安心させ許容させる方法であって、逆に、弱点を必死で隠蔽することで他者になり切ろうとする〈演技〉とは百八十度ベクトルが異なる。前者にあるのは甘えであり、それはそのままデカダンスに通じているが、後者はきわめてポジティヴな意志的姿勢といってよく、そこにあるのはストイシズムとダンディズムだろう。

幼少年期、白《しら》っ子といわれ病弱であった三島が、鞏固な意志と強靭な文体を志向するようになるのは『仮面の告白』以後である。戦時中の「詩を書く少年」であった彼は、「わたくしは夕な夕な／窓に立ち椿事を待つた、／凶変のだう悪な砂塵が／夜の虹のやうに町並の／むかうからおしよせてくるのを。」（「凶ごと」）と歌ったが、彼自身、「悲劇的なもの」になるには肉体がそぐわず、『金閣寺』（新潮社、昭和三一刊）の主人公同様、戦争という公状況が一時「悲劇的なもの」との共存を可能にしたのだった。

三島にとって戦争は恩寵であって、逆に「日常生活」の開始を告げる「八・一五」（敗戦）がいかに衝撃的・絶望的であったかは『金閣寺』や『仮面の告白』の記述によって知れる。しかし、それよりも注目すべきなのは、三島が戦争中、すでに「自我のスパルタ式訓練法の要求」をつよく持っていた事実だろう。（『仮面の告白』を書いていることがすでにその要求の現れだと三島はいう）。

　幼年時代の病弱と溺愛のおかげで人の顔をまともに見上げることも憚られる子供になつてゐた私は、そのころから、「強くならねばならぬ」といふ一つの格律に憑《つ》かれだしてゐた。（『仮面の告白』）

こうして「決して自殺が出来ない不死身の不幸」を逆手にとった「重症者の兇器」（「人間」昭和二三・三）の世代宣言が生まれ、「当時の作者の精神的危機から生れた排泄物ともいふべき作品」（新潮社版『三島由紀夫作品集I』昭和二八刊「あとがき」）の『仮面の告白』が書かれるのである。上記「あとがき」で、三島は、「この本は私が今までそこに住んでゐた死の領域へ遺さうとする遺書だ。この本を書くことは私にとつて裏返しの自殺だ。飛込自殺を映画にとつてフィルムを逆にまはすと、猛烈な速度で谷底から崖の上へ自殺者が飛び上つて生き返る。この本を書くことによつて私が試みたのは、さういふ回復術である」（傍点大久保）と言っている。

　三島が創作に専念すべく決意し大蔵省を退職したのが一九四八年（昭和二三）九月で、その直後、渡りに舟という形で河出書房から書き下ろし小説の依頼を受けたという。「私は、いよいよ職業的な文士になったという緊張と共に、精神と肉体の衰滅の危機のようなものを感じていた」（『私の遍歴時代』）というが、対比的にいえば、当時の三島の状況は、「蒲団」（「新小説」明治四〇・九）執筆時の田山花袋とまったくよく似ているので、彼もまた花袋のように「かくして置いたもの、壅蔽《ようへい》して置いたもの、それを打明けては自分の精神も破壊されるかと思はれるやうなもの、さういふものをも開いて出して見ようと思つた」(『東京の三十年』)のに間違いないのだ。

ところで、さきの引用文の傍点個所の「私が今までそこに住んでゐた死の領域」とは何を意味するのだろう。三島にとって『仮面の告白』が起死回生の「回復術」であったのと同様に、一九五一年(昭和二六)十二月から翌年五月にかけての、朝日新聞特別通信員の資格での世界一周旅行は、彼の文学的生涯にとってエポック・メーキングな事件となる。

対日平和条約・日米安全保障条約が発効するのは五二年四月だから、三島が海外旅行に出発した時は占領下で、「よほどの伝手がなければ日本を離れることは不可能」(『私の遍歴時代』)であった。三島がそうした困難を押してまで外国旅行に出掛けたのは、一種の危機にあった彼にとって、それが痛切に必要なものと感じられ、「ともかく日本を離れて、自分を打開し、新らしい自分を発見して来たいという気持が募っていた」からだという。

つまり、こういうことになる。『仮面の告白』が〈文学〉における自己の資質の再点検なら、外国旅行は、外側から日本人作家としての自己を対象化する唯一の機会であったということになろう。そして注目すべきなのは、彼の旅程には、南米やイタリアやギリシャなどの太陽の国々しかなかったということで、彼は書斎の夜の世界を出て、はじめて太陽と握手したのだ。

ハワイへ近づくにつれ、日光は日ましに強烈になり、私はデッキで日光浴をはじめた。以後十二年間の私の日光浴の習慣はこのときにはじまる。私は暗い洞穴から出て、はじめて太陽を発見した思いだった。生まれてはじめて、私は太陽と握手した。いかに永いあいだ、私は太陽に対する親近感を、自分の裡に殺してきたことだろう。

そして日がな一日、日光を浴びながら、私は自分の改造ということを考えはじめた。

私に余分なものは何であり、欠けているものは何であるか、ということを。

三島によると、彼に余分なものといえば明らかに感受性であり、欠けているものといえば、肉体的存在感ともいうべきものであったという。古代ギリシャには、〈精神〉などはなく、肉体と知性の均衡だけがある、というのが彼の結論で、以後、「肉体的な存在を持った知性」の獲得を目指して、ボディビルや剣道による肉体の鍛錬に精を出すことになる。

『仮面の告白』を書いて、拒まれた者も断じて生きねばならぬという信念を新たにした三島は、ギリシャ体験をへて、〈文学〉と〈生活〉との均衡操作による造形美を志す。〈生活〉といっても、それは〈行動〉というのにより近く、むしろ、〈文学〉と〈肉体〉という語彙で対比させたほうが当を得ていよう。いわば三島は、美しい作品を創る（花と咲く）ことと、美しい肉体を造る（花と散る）ことを同義に措《お》いたわけで、ライフワーク「豊饒の海」（「新潮」昭和四〇・九〜四六・一）の完結がそのまま肉体の死と重なるという循環の論理は、ギリシャの古典美の再現を志した『潮騒』（新潮社、昭和二九刊）以後に鮮明に現われたものだ。

ここで簡単に三島における〈文学＝言葉〉と肉体との循環の論理について説明しておこう。言葉という贋金を使って第二の現実を創り世人をまどわす詩人を理想国から追放したのはプラトンだが、元来、〈言葉〉とは記号《サイン》であり「物」(現実)に所属しているはずである。しかし、一般性・普遍性が属性であるはずの〈言葉〉は、言葉の錬金術師による作家によって精錬されることで個別的・独創的なものとなり、現実から無限に遠ざかってゆく。つまり、肉体的な存在感を喪失するということだが、三島が考えた循環の論理とは、〈肉体〉による現実の奪還といってよかろう。〈肉体〉は〈言葉〉とまったく逆に、本来、個別的なもので、人の顔が十人十色であるごとくみんな違う。しかし、肝腎なのは、鍛練すればするほど一般性を獲得するわけで、三島は、〈言葉〉と〈肉体〉を平衡操作することで――〈言葉〉で失った現実を〈肉体〉でふたたび取り戻すことで堅牢な文体の構築を計ったのである。

しかし、この循環の論理はあまりにも原理主義的でありはしなかったろうか。三島は肉体を鍛えることで「肉体的な存在を持った知性」の言葉を獲得し、かつて拒まれていた「悲劇的なもの」をわがものとすることができた。次の一文は、肉体の言葉を学ぶことによって集団の一人となり、「悲劇的なもの」の本質に触れた喜びを端的に語ったものとして読めよう。

幼時、私は神輿の担ぎ手たちが、酩酊のうちに、いふにいはれぬ放恣な表情で、顔をのけぞらせ、甚だしいのは担ぎ棒に完全に項《うなじ》を委ねて、神輿を練り廻す姿を見て、かれらの目に映つてゐるものが何だらうかといふ謎に、深く心を惑はされたことがある。私にはそのやうな烈しい肉体的な苦難のうちに見る陶酔の幻が、どんなものであるか、想像することもできなかつた。そこでこの謎は久しきに亘つて心を占めてゐたが、ずつとあとになつて、肉体の言葉を学びだしてから、私は自ら進んで神輿を担ぎ、幼時からの謎を解明する機会をやうやう得た。その結果わかつたことは、彼らはただ空を見てゐたのだつた。彼らの目には何の幻もなく、ただ初秋の絶対の青空があるばかりだつた。しかしこの空は、私が一生のうちに二度と見ることはあるまいと思はれるほどの異様な青空で、高く絞り上げられるかと思へば、深淵の姿で落ちかかり、動揺常なく、澄明と狂気とが一緒になつたやうな空であつた。（『太陽と鉄』）

ここには、自刃という激烈な肉体的痛苦を通して、三島が究極にかいま見ようとした世界が暗示されているが、神輿の担ぎ手たちが一様に空を見ていただけとは限るまい。彼らの放恣な表情が、女体の幻を追っていたかも知れぬので、こうした三島の「悲劇的なもの」への偏愛は、〈政治〉においても顕著に見いだせるのである。

たとえば、三島の初期の小説に「花山院」（「婦人朝日」昭和二五・一）というのがあるが、三島は『大鏡』第一巻の「六十五代　花山院」の項に題材を採ったこの作品で、花山院の退位を徹頭徹尾〈運命〉としての〈悲劇意志〉で捉えている。しかし、『大鏡』では、藤原兼家・道兼父子の陰謀として、花山院は無理やり出家入道させられるので、われわれにはこうした藤原一門の権謀術数の世界のほうがはるかにおもしろい。『大鏡』では、一緒に出家するといっていた道兼が、逃げようとするのに気付いて、帝が「さては、朕をば瞞したのだな！」とおっしゃって泣かれることになっており、また、父の兼家が、息子がほんとうに出家するのではないかと心配して、えらい源氏の武者たちを見送りの護衛にそえ、寺まで見え隠れしながらついて行かせることになっているが、三島はもちろんこうした政治の世界をいっさい切り捨てている。三島は晩年『文化防衛論』（新潮社、昭和四四刊）を著わし、〈政治〉に賭けるかたちになるが、彼の場合、〈政治〉とはマキアベリズムとまったく無縁の行動そのものなので、一貫してあるのは心情の純粋主義といっていい。

　わたしはかねがね三島の自決について、彼は日本の高度成長と差し違えて死んだのだ、といってきた。一九六〇年代の日本の高度成長は、急激な国際化の嵐のなかで三島自身を国際的な作家に仕立てたので、その必然の要請として日本人作家としてのレーゾン・デートルを求めることになる。三島の右傾化が目立つのは「林房雄論」（「新潮」昭和三八・二）あたりからだが、この年には保田與重郎の「現代畸人伝」（二月〜翌年四月）の連載がはじまり、また、林房雄の「大東亜戦争肯定論」（「中央公論」九月〜一二月）が話題を呼んだ。これら戦争中の亡霊を想わせる怨念の噴出したのが、東京オリンピックの前年であるのはきわめて象徴的で、三島に典型的に見られる六〇年安保以後のナショナリズムの奔騰は、五〇年代後半から始まった農本社会から産業社会への構造転換にたいする危機感・苛立ちの現われといえよう。しかし、三島の純粋日本へのあこがれは、仮装された農本主義とでも称すべきもので、彼の〈故郷〉は保田與重郎や太宰治と違って〈ムラ〉でなく、あの敗戦の日の、真夏の真昼の都市の廃墟以外の何物でもなかった。

　三島の〈言葉〉と〈肉体〉との循環の論理は、晩年、ジョルジュ・バタイユのエロティスムの哲学を核としつつも、陽明学の〈知行合一〉と重なり、実生活上の剰余の部分をいっさい削りとってゆく。冒頭で紹介したように、三島は、死の直前村松剛に、「おれはね、このごろはひとが家具を買いに行くというそのはなしをきいても、吐気がするのだ」と言ったというが、〈演技〉と〈道化〉と、現実への対応の仕方は逆でも、「炉辺の幸福」を拒否する点でまったく同じといっていい。太宰の『父』(「人間」昭和二二・四)の結びはこうだ。

地獄だ、地獄だ、と思ひながら、私はいい加減のうけ応へをして酒を飲み、牛鍋をつつき散らし、お雑煮を食べ、こたつにもぐり込んで、寝て、帰らうとはしないのである。

義。

義とは?

その解明は出来ないけれども、しかし、アブラハムは、ひとりごを殺さんとし、宗吾郎は子別れの場を演じ、私は意地になつて地獄にはまり込まなければならぬ、その義とは、義とは、ああやりきれない男性の、哀しい弱点に似てゐる。

三島由紀夫も太宰治も、その反俗的な聖性希求が死を呼びこんだ、といえようか。

Ⅱ　太宰治の『トカトントン』——『喜びの琴』と対比させて

「喜びの琴」と「トカトントン」を比較する前提としてまず重要なのは、前者が安保騒動の三年後、後者が敗戦後二年目に書かれていることである。

太宰治と三島由紀夫のコンビのような興味ぶかい存在はないとかねがねわたしは考えてきたが、太宰の「トカトントン」（「群像」昭和二二・一）についての作品論を依頼されて、三島の「喜びの琴」（「文芸」昭和三九・二）とどうしても突き合わせて論じずにいられなくなっている。前者の、遠くから聞こえてくる〈トカトントン〉の金槌の音と、後者の、どこからともなく聞こえてくる〈コロリンシャン〉の琴の音の意味の類似性を言いたいだけではない。「トカトントン」を「喜びの琴」と比較することで、太宰文学への新たな視野が開けるのを期待するからだ。

「喜びの琴」は、文学座の一九六四年（昭和三九）正月公演のために書かれた作品だが、作中の反共的言辞によって上演拒否にあい、文学座二度目の分裂を引き起こしたいわくつきの戯曲である。脱退した三島は、早速、「文学座の諸君への『公開状』」（「朝日新聞」昭和三八・一一・二七）なる一文を草し、その内容を次のように要約した。

「喜びの琴」はある警察署の公安部の部屋を舞台とする三幕物で、二十一人の警官が登場する。反共の信念に燃える若い警官が、その反共の信念を彼に吹き込んだ、もっとも信頼する上官であった巡査部長が、実は左翼政党の秘密党員であつて、この物語の進行する未来の架空の時期に、その政党の過激派が策謀した列車転覆事件に一役買つてゐたのみか、自分自身も道具として利用されてゐたことを知り、悲嘆と絶望の底に落ち込むが、思想の絶対化を唯一のよりどころに生きてきた青年は、すべての思想が相対化される地点の孤独に耐へるために、ただ幻影の琴の音にすがりつくといふ話である。

最初に琴の音色を聞くのは、同僚から左巻きと思われている「立派なカイゼル髭を生やした交通係の名物巡査」の川添で、彼は公安係室にやってきて、旧特高で今は窓際族の末黒に、「車の川にポカリ穴があくな。ありやいいもんだ。ほつとして、この世の中がその間はまるきり平和でな、白つぽい道の日ざしが澄んでな、うれしいような気持がして来る。うれしいやうな、気落ちのしたやうな。そのときだよ。どういふもんだか、そのときだよ。きつとあれがきこえるんだ」と話す。絶対的に信じていた巡査部長の松村に、逆にその忠実さを利用され、事件を右翼の仕業と見せかける役割を演じてしまった若い公安係の片桐は、「名誉もけがされ、人の笑ひ物になり、一生の一等大切な時期を台なしにしてしまつた」絶望と不信の果てに琴の音を聞く。第三幕の幕切れの場面だが、長谷川泉・武田勝彦編『三島由紀夫事典』（明治書院、昭和五一刊）によると、上演にあたって、この部分に手直しがあり、琴の音に対する片桐の姿勢が、自覚的・意志的なものに変わったという。「川添巡査の琴の音の力で、地獄から這ひ上るとき、はじめて彼は自覚的な人間になるのである。その琴の音が何であるかについては、私はわざと注釈を加へない」と日生劇場プログラムにはあるそうで、琴の音の解釈は観客にゆだねられている。ここでは、わたしはそれを簡単に、一切のものに捉われない、それを突き抜けたうえでの〈心情〉の無垢な美しさ・無垢な魂の至福を謳いあげたもの、と解釈しておこう。

「喜びの琴」と「トカトントン」を比較する前提としてまず重要なのは、前者が安保騒動の三年後、後者が敗戦後二年目に書かれていることである。三島は「喜びの琴」を「文芸」に発表した折、「前書―ムジナの弁―」というのを付けて、「安保闘争以後の思想界の再編成の機運、青年層の変革への絶望、いはゆる天下泰平ムードのやりきれなさの中で、私はたつた一つのことしか言はなかつたつもりである。そのたつた一つのことが、評論の形をとつては『林房雄論』になり、小説の形をとつては『午後の曳航』『剣』になり、戯曲の形をとつては『喜びの琴』になつた、と私自身解釈してゐる。だからこの戯曲も、私の作品を読みつづけて来られた方には、とりたてて奇異な作品であるわけはない。イデオロギーは本質的に相対的なものだ、といふのは私の固い信念であり、だからこそ芸術の存在理由があるのだ、といふのも私の固い信念である」と語っている。「喜びの琴」は、安保騒動後の時代状況と対応したきわめてアクチュアルな作品であって、安保騒動後の虚脱感と片桐のそれとが重なり、そうした混迷を突き抜ける一條の光として、〈喜びの琴〉〈琴の音＝心情の至福〉を謳いあげたかったのであろう。

太宰治の「トカトントン」もまた、きわめてアクチュアルな作品である。まず、手続きとして成立事情から述べると、昭和二十一年九月三十日付、保知勇二郎宛はがきにこう書いてある。

拝啓　御勉強、御努力中の事と存じます。私も毎日仕事で、努力中であります。こんどの仕事の中に、いつかのあなたの手紙にあつたトンカチの音を、とりいれてみたいと思つてゐます。（まだ、とりかかつてゐませんけど）もちろんあなたの手紙をそつくり引用したり、そんな失礼なことは絶対にいたしませんから。また、あなたに少しでもご迷惑のかかるやうな事は決してありませんから。トンカチの音を貸して下さるやうお願ひします。若い人たちのげんざいの苦悩を書いてみたいと思つてゐるのです。（傍点大久保）

作中のトカトントンという金槌の音は、保知という人の書簡から藉りたものであるのが分かる。塚越和夫（『評訳　太宰治』葦真文社、昭和五七刊）はこの小説を、八月十五日以降、生まれ変わって療養生活に専念する『パンドラの匣』（河北新報社、昭和二一刊）の、ちょうど裏返しの作品として位置づけているが、まずは小説の展開を追うことにしよう。

　ところで、この小説も、復員後、「Aといふ青森市から二里ほど離れた海岸の部落の三等郵便局に勤める事になつた」主人公の「私」が、太宰治と覚しい小説家に宛てた手紙の形式を取っている。「この小説も」といったのは、太宰自身が主人公という他者になり変わり、一人称の〈語り〉ですすめる小説こそ太宰の本領だからで、これが津軽という風土の生んだイタコの口寄せと等質の〈口説《くどき》〉の文体であることについては再三触れてきた。

　この小説でトカトントンの音に悩まされる「私」が、どうしたらその音からのがれられるか、教えを乞うている相手の小説家は、「私」の中学校の先輩で、中学時代、「青森の寺町の豊田さんのお宅にいらした」と書かれているが、この小説がおよそ事実と違うことは、末尾に付け足された返信の部分で分かる。トカトントンの音が聞こえてくると、何もかも馬鹿らしくなり、その音は「虚無の情熱をさへ打ち倒し」てしまうほどだという「私」に、その「奇異なる手紙を受け取つた某作家」は、「気取つた苦悩」だといい、マタイ伝の章句を引用して、「いかなる弁明も成立しない醜態を、君はまだ避けてゐるやうですね」と答えている。そして、「身を殺して霊魂《たましひ》をころし得ぬ者どもを懼《おそ》るな、身と霊魂とをゲヘナにて滅し得る者をおそれよ。……このイエスの言に、霹靂を感ずる事が出来たら、君の幻聴は止む筈」だと提言している。

しかし、実際には保知に、次のような返事を出しているのだ。

　拝復　貴翰拝誦仕りました。長い御手紙に対して、こんな葉書の返辞では、おびただしい失礼だけれども、とにかく挨拶がはりに、これを書きました。出来るだけわがまま勝手に暮してごらんなさい。青春はエネルギーだけだとヴアレリイ先生が言つてゐたやうです。（昭和二一・八・三一付はがき、傍点大久保）

塚越氏は、「トカトントン」の作因に触れて、「『苦悩だけは経て来た』と自負する太宰にとって、戦後の青年の虚脱感は『気取つた』ものに見えたのである。あるいは、そう言わざるを得なかったのである。うがちすぎる見方になるかもしれぬが、自己の苦悩が他人に理解されることを望みながら、もしくは理解されるのが当然だと考えながら、しかも、その苦悩が普遍の中に埋没してしまうことを恐れたからである。『人間失格』が書かれねばならぬ理由の一つは、戦後のこのような太宰エピゴーネン輩出へのアンチテーゼにあったとも考えられる」という。これは「トカトントン」を、「苦悩の年鑑」(「新文芸」昭和二一・三)「十五年間」(「文化展望」同・四)から「人間失格」(「展望」昭和二三・六〜八)にいたる途上の作品として捉えているのと、太宰の戦後批判を読み取っている点で傾聴すべき意見だが、作品構成の上からいえば、末尾に付記された「某作家」の返答は、「私」の〈口説〉の手紙文に対して〈もどき〉の役割を果たしていると思う。もっと突っ込んでいえば、何もかも馬鹿らしくなってしまう「私」にとって「『トカトントン』だけは、ウソではない」ように、太宰自身も、〈トカトントン〉という金槌の音に、戦後の虚脱感の象徴のような意味を見出していたのに間違いないのだ。

ところで〈トカトントン〉という金槌の音だが、一九四五年(昭和二〇)八月十五日正午に、「私」は兵舎の前の広場に整列させられて玉音放送と若い中尉の「厳粛」な講和を聞いて死のうと思ったとき、初めてそれを耳にする。

> ああ、その時です。背後の兵舎のほうから、誰やら金槌で釘を打つ音が、幽かに、トカトントンと聞えました。それを聞いたとたんに、眼から鱗が落ちるとはあんな時の感じを言ふのでせうか、悲壮も厳粛も一瞬のうちに消え、私は憑きものから離れたやうに、きよろりとなり、なんともどうにも白々しい気持で、夏の真昼の砂原を眺め見渡し、私には如何なる感慨も、何も一つも有りませんでした。
>
> さうして私は、リユツクサツクにたくさんのものをつめ込んで、ぼんやり故郷に帰還しました。
>
> あの、遠くから聞えて来た幽かな、金槌の音が、不思議なくらゐ綺麗に私からミリタリズムの幻影

を剝ぎとつてくれて、もう再び、あの悲壮らしい厳粛らしい悪夢に酔はされるなんて事は絶対に無くなつたやうですが、しかしその小さな音は、私の脳髄の金的《きんてき》を射貫いてしまつたものか、それ以後げんざいまで続いて、私は実に異様な、いまはしい癇癪持ちみたいな男になりました。(傍点大久保)

傍点個所から明らかなのは、〈トカトントン〉の金槌の音も、三島の〈コロリンシャン〉の琴の音と同様に、いっさいの信頼や情熱そのものを空無化する作用を果たしているといえるだろう。状況的にいえば、「トカトントン」はミリタリズムの幻影の剝落した敗戦直後と対応し、「喜びの琴」は、戦後革命の幻想の崩壊した六〇年安保後の現実を捉えている。三島は〈コロリンシャン〉の琴の音にポジティヴな意味を見出したが、太宰は、〈トカトントン〉にネガティヴな意味しか見ていないので、むしろ中途半端な「気取つた苦悩」として最後には否定し去っているのだ。

そして、「身を殺して霊魂《たましひ》をころし得ぬ者どもを懼《おそ》るな、身と霊魂とをゲヘナにて滅《ほろぼ》し得る者をおそれよ」――このイエスの言に、霹靂を感ずることが出来たら、君の幻聴は止むはずだ、と「某作家」に言わせる。この「某作家」と「私」の関係は、「喜びの琴」の松村と片桐のそれに等しい、といってもいい。もっとも信頼する先輩の松村が「党の秘密党員」で、列車転覆事件を引き起こした「過激派に属するいはゆる分離派の有力な一人」と署長から真相を打ち明けられ、自分が「忠実な道具の役」を担わせられたことを知って激昂する片桐に、「俺を信じたのがお前の罪だ。……清純さの罪、若さの罪、この世できれいな心が負はなければならん罪だよ」と松村は言う。そして、こう教え諭すのである。

いいか。今度は俺のことを話さう。俺は党の組織も信じちやゐない。人間も信じちやゐない。信じるのは、もやもやとした、破壊への、あくなき破壊への俺の欲望だけだ。……そこへお前が現はれた。俺をやみくもに信じてくれる若い純真なお前があらはれた。俺には一目でわかつた。お前は胸を張つて、まつすぐに、まちがつた道へ突進するタイプの人間だと。……それが俺の気がかりの種子になつた。いつか手ひどくお前の目をさまさせてやりたいと思つてゐた。こんな失敗は予期しなかつたが、どんな失敗にもいいところはある。俺は少くとも、一つの、小さな、隠された念願を果したわけだ。……つまり、お前の目を手きびしくさまさせてやること。……それに、どう言つたらいいか、その結果、お前を本当に俺と同じ種類の人間にしてやること。

　いいか。お前が俺を信じてゐる間は、俺の言ふなりになつてゐるあひだは、お前はただのひよつこだつた。まだよちよち歩きのひよつこだつた。決してお前は俺に似ることなんかできはしなかつた。いくら真似をしても、いくら尊敬しても。……ところが今、やつとお前は俺に似てきたんだ。その憎しみは本物だ。お前は俺とそつくりだ。そつくりだよ。鏡に映してみろ。……お前も一個のみごとな人間の鑑になつたのだ。人間の中での怪物になつたのだ。

「信頼は罪なりや」とは「人間失格」中の名文句だが、わたしは「喜びの琴」も「トカトントン」も、究極にはそれを主題にしていると思うのである。「人間失格」の「第三の手記」に、内縁の妻のヨシ子が犯されるという主人公の「自分の生涯に於いて、決定的な事件」が語られているが、そこに、「ヨシ子は信頼の天才なのです。ひとを疑ふ事を知らなかつたのです。それゆゑの悲惨。／神に問ふ。信頼は罪なりや。／ヨシ子が汚されたといふ事よりも、ヨシ子の信頼が汚されたといふ事が、自分にとつてそののち永く、生きてをられないほどの苦悩の種になりました」とある。おそらくこの場面の背景に、「東京八景」（「文学界」昭和一六・一）に描かれた「無垢のままで救つたとばかり思つてゐた」女（小山初代）の不貞事件が揺曳していることに間違いはないが、太宰文学には信頼の罪という主題が一貫してあって、これが八・一五の敗戦によって私《プライベート》的なものから公《パブリック》的なものへと変貌し、「トカトントン」や三幕物の戯曲「冬の花火」（「展望」昭和二一・六）などが書かれることになる。「冬の花火」の主人公の数枝は、継母あさを信頼し、子供の睦子と三人で田舎で百姓になってアナーキーな「支那の桃源境みたいなものを作つて」平和に生きて行こうと決意するが、あさが村人の金谷清蔵に犯されたと告白され絶叫する。「桃源境、ユートピア、お百姓、……ばかばかしい。みんな、ばかばかしい。これが日本の現実なのだわ。……さあ、日本の指導者たち、あたしたちを救つて下さい。出来ますか、出来ますか。……えい、勝手になさいだ。あたし、東京の好きな男のところへ行くんだ。落ちるところまで、落ちて行くんだ。理想もへちまもあるもんか」。

　太宰の戦後の頽落が、農地改革による生家の没落によって根所《ねどころ》が失われたことにあるのは、いまさら言うまでもないが、「冬の花火」には、八・一五による改革が、日本の伝統文化の破壊、様式喪失以外の何物でもないことが強調されている。「トカトントン」も同様に、八・一五によって一切が信じられなくなった空白感・虚脱感を描いた作品で、「冬の花火」が観念性の露骨な骨格だけの失敗作であるのに比べ、「トカトントン」は、ある意味ではきわめて実感的な、短編作家太宰の特色のよく現れた佳作といえよう。

「トカトントン」には、信頼の喪失、不信ということをめぐって、公的なものと私的なものとを重ね合わせたかたちで、敗戦直後の時代的虚無感が見事に捉えられている。しかし、太宰はそういう戦後の風潮に、ある種の甘えに似た〈流行〉を感じ取っていたのに間違いないので、「身と霊魂とをゲヘナにて滅し得る者をおそれ」る、そうしたものに、三島同様、「人間の中での怪物」を見ていたのだ。

Ⅲ　坂口安吾の説話小説『閑山』——その構成と展開

坂口安吾の最初の説話小説「閑山」は、スタイル社発行の「文体」第一巻第二号（昭和一三・一二）に掲載された。安吾はこの雑誌（第二巻第二号、昭和一四・二）につづけて「紫大納言」を発表、両者とも「盗まれた手紙の話」（「文化評論」昭和一五・六）「勉強記」（「文体」昭和一四・五）「イノチガケ」（「文学界」昭和一五・七）とともに第二創作集『炉辺夜話集』（スタイル社、昭和一六刊）に収められた。

関井光男の「伝記的年譜」（冬樹社版『定本坂口安吾全集』第一三巻）によると、安吾は「閑山」執筆を契機に日本の古典的世界に興味を寄せ、『松浦宮物語』『竹取物語』『伊勢物語』などを耽読、次第に説話の世界に目を向けるようになったという。『吹雪物語』（竹村書房、昭和一三刊）の暗さに絶望し、やりきれなくなったことが、説話や「架空の物語」を書き出す要因になった。「私は、自分の意図とうらはらな自作の暗さに絶望し、やりきれなくなるたびに、筆をやめ、そうして、直接人性と連絡しない架空の物語を書きはじめます。それは、気楽で、私をホッとさせます」と『炉辺夜話集』後記」にある。「閑山」「紫大納言」以後、安吾の説話小説は「桜の森の満開の下」（「肉体」昭和二二・六）で頂点に達し、「夜長姫と耳男」（「新潮」昭和二七・六）とつづくが、「閑山」はファルスを説話に仕立てた最初の作品として逸しえぬものである。

「閑山」冒頭の説話の原拠が北条団水の『一夜船』（五冊、正徳二刊）中の「花の一字の東山」にあることはすでに関井光男が「坂口安吾『紫大納言』」（「解釈と鑑賞」平成四・一〇）で指摘している。関井氏は「紫大納言」も『一夜船』と同じく藤村作校訂『珍本全集』前編（帝国文庫　第一篇、博文館昭和三刊）に収録されている『近江縣物語』（六樹園飯盛作）を転義として書かれたものであることを実証的に論じていた。「閑山」における安吾の説話の方法と想像力の働きについて考えるには、安吾が原拠をどのように改変したか、そこから入っていくよりほかないので、『一夜船』の文章がどのように翻案され安吾独自の説話として展開したか、その経過を辿ることにしよう。

昔、越後之国魚沼の僻地に、閑山寺の六袋和尚といつて近隣に徳望高い老僧があつた。

初冬の深更のこと、雪明りを愛づるまま写経に時を忘れてゐると、窓外から毛の生えた手を差しのべて顔をなでるものがあつた。和尚は朱筆に持ちかへて、その掌に花の字を書きつけ、あとは余念もなく再び写経に没頭した。

明方ちかく、窓外から、頻りに泣き叫ぶ声が起つた。やがて先ほどの手を再び差しのべる者があり、声が言ふには「和尚さま。誤つて有徳の沙門を嬲り、お書きなさいました文字の重さに、帰る道が歩けませせぬ。不愍と思ひ、文字を落して下さりませ」見れば一匹の狸であつた。硯の水を筆にしめして、掌の文字を洗つてやると、雪上の蔭間を縫ひ、闇の奥へ消え去つた。

翌晩、坊舎の窓を叩き、訪ふ声がした。雨戸を開けると、昨夜の狸が手に栂の小枝をたづさへ、それを室内へ投げ入れて、逃げ去つた。
その後夜毎に、季節の木草をたづさへて、窓を訪れる習ひとなつた。追々昵懇を重ねて心置きなく物を言ふ間柄となるうちに、……
以上は「閑山」の書き出しの部分だが、これは明らかに『一夜船』中の「花の一字の東山」の次の挿話と照応する。

いつの此《ころ》か長嘯《ちようしよう》火のもとに書《ふみ》をひろげておはしけるに。窓より恐ろしく毛の生たる手を延《の》べて。顔を撫《なで》けるに。少しも驚ろく気色なく。朱筆のありけるまゝ彼の手の中へ花といふ字を書《かい》て又書《ふみ》を見ておはしぬ。夜の明《あけ》がた窓の外に切《しき》りに鳴き叫ぶ声して。はじめの手をさし出し。書付《かきつけ》給ふ花の字を落してたべ。われは此辺《このほと》りに住む古き狸にて侍《はべ》り誤まつて学者をなぶり。文字を書付られこれを落すべき術なく。帰るべき道を失ひぬ。夜明なは人見つけて我を殺すべき。悲しさやるかたなし御慈悲に落し給はれとなげきければ。不愍《ふびん》に覚えて硯《すずり》の水にてあらひ給へば。有難しとて消失《きえうせ》ぬ。その後夜毎に木草《もくそう》の花を四季に絶《たえ》ず持来り。窓よりをとづれて帰りける。いつの比か怠たりて来《きた》らざりければ。いかに成行《なりゆき》ぬらん不愍に思はれけるより。狸の言葉といふ一小冊を作られけるとかや。

ちなみに、「花の一字の東山」は、「むかし若狭少将勝俊と聞えし人。遁世の後。長嘯子とて洛東吉水《らくとうよしみず》の山陰《やまかげ》に閑居せし挙白堂の跡。今も其形境は残りぬ。客は半日の閑を得。主《あるじ》は半日の閑を失ふによしないとて。人の問ひ来るを厭《いと》ひ。徳を隠して生涯の思ひでを和歌にのみぞ残されける」（傍点大久保）という文章で始まっている。安吾は「洛東吉水」の学者長嘯子を「越後之国魚沼の僻地」の閑山寺の六袋和尚に作り変え、そうすることで独自の物語に仕立てているが、六袋和尚も傍点部分については長嘯子と同じといっていい。つまり、六袋和尚が狸の掌に花の一字を書きつけたのは、写経の邪魔をするなということで、逆に狸が花の一字の重さに帰る道が歩けなくなったのは、「有徳の沙門」をなぶった罪の意識のためだろう。仏語に拈華《ねんげ》微笑というのがある。釈迦が蓮華《れんげ》（はすの花）をとって弟子に示したところ、誰もその意味が分らなかった。ただ迦葉《かしょう》だけがひとり微笑したので、釈迦は彼に仏教の真理を授けたという故事から来ていて、文字や言葉によらず、心から心に伝わることをいう。おそらく花の一字は、暗黙のうちにおのれの意中を伝えたのだろう。「花の一字の東山」では、その後夜ごとに木草の花をたえず持ってきていた狸が、いつの間にか来なくなるが、安吾の「閑山」では、「独居の和尚の不便を案じて、なにくれと小用に立働くやうになり、いつとなくその高風に感じ入つて自ら小坊主に姿を変へ、側近に仕へること」になる。

「閑山」の物語は通称を団九郎というこの狸が主人公なので、この団九郎狸を軸とするいくつかの挿話（説話）の連鎖によって物語が展開する。関井氏は「紫大納言」について、こうした安吾説話の方法を、一九二〇年代になって新しいモダニズムのスタイルとして現われたモンタージュやコラージュの手法に近い、といっているが、聴くべき意見だろう。第一の説話は六袋和尚の死までで、第二の説話は「参禅の三摩地を味ひ、諷経念誦の法悦を知つてゐたので、和尚の遷化《せんげ》して後も、団九郎は閑山寺を去らなかつた。五蘊《ごうん》の羈絆を厭悪《えんお》し、すでに一念解脱《げだつ》を発心してゐたのである」から始まる。簡単に書けば、「単純な酒徒」にすぎない弁兆というのが新たな住持となり、団九郎の坐禅諷経を封じてもっぱら雑用にこき使う。一言一動俗臭芬々《ふんぷん》として正視に堪えなくなった団九郎は、一夕、身の丈六尺有余の雲水の僧に変じて山門をくぐり、弁兆の眼前を立ちふさいで破《わ》れ鐘《がね》のような大音声《だいおんじょう》で「噇酒糟《とうしゅそう》の漢（のんだくれめ）仏法を喰ふや如何《いか》に」と問うた。弁兆は徳利を落し、臍下丹田《せいかたんでん》に力を籠めて大喝一番これに応じたが、真赤な燠《おき》を鼻先に突きつけられての再度の問いに二喝を発する勇気がなく、弁兆は飛鳥のごとく身をひるがえして逐電してしまう。

いわばこの第二説話が起承転結の「承」に当たり、つづいてファルス仕込みの「転」の部の第三説話になる。この第三の「放屁」説話は三つの挿話から成っていて、「雲水の僧は住持となった。人称《よ》んで呑火和尚と云つた。即ち団九郎狸であつた。懈怠《けたい》を憎み、ひたすら見性《けんしょう》成仏を念じて坐禅三昧に浸り、時に夜もすがら仏像を刻んで静寂な孤独を満喫した」で始まっている。ところが、村に久次というしれものがいて、大青道心の坐禅三昧を可笑《おか》しがり、法話の集いのある夕辺、庫裏へ忍び、和尚の食餌へやたらと砥粉《とのこ》をふりまいておいたという。砥粉をくらえば止めようと欲してもおのずと放屁して止める術がないという俗説があるそうで、それから和尚の放屁の誘惑とのたたかいが始まる。しかし、優婆塞優婆夷《そくうばい》の合唱にかくれて先ず試みに一微風を漏脱したところ、大流風の思うがままの奔出となり、臭気堂に満ちて、人びとは我先きにと堂を逃れた。団九郎は、透脱して大自在を得たならば、拈花《ねんげ》も放屁も同一のものに相違ないと静夜端座して観じたが、それにつけても俗人の済度しがたいのを嘆じて、人里から一里ばかり山奥に庵を結び、遁世して禅定三昧に没入する。

「転」の第二挿話は、草庵でひねもす禅定三昧にふける団九郎和尚の末路を描いたもので、冬が来て田舎役者の一行が草庵のそばを通りかかり、ひとりの病人がでて草庵にかつぎ込まれる。附添の男は、同村のものが同じような高熱に悩んだとき真言の僧に祈禱を受け、唵摩耶底連《おんまやてれん》の札を水にうっしていただいたところ、翌日は熱も落ちて本復したことを思いだし、和尚に祈禱を懇願する。しかし、和尚は、「拙僧は左様な法力を会得した生きぼとけでは厶《ござ》らぬ。……死生を大悟し、即心即仏非心非仏に到らんことを欲しながら、妄想尽きず、見透するところ甚だ浅薄な、一尿床の鬼子（寝小便たれ小僧）とは即ちこの坊主がこと。加持祈禱は思ひもより申さぬ」と受けつけず、逆に「生者は必滅のならひ。執着して、徒《いたず》らに往生の素懐を乱さるるな」と俗人の執念を厭悪するもののごとく、ときに不興をあらわしていう。肝腎なのは、病者の悪化に競い立つように和尚の衰えが目立ってゆくことで、春が来て病人が亡くなり、一座の長が回向の労を深謝して帰ろうとしたとき、うしろに奇異な大音響がして、和尚は柱に縋《すが》りつき、呼吸は荒々しくその肩をふるわせていたという。そしてあるとき、依頼の筋があって村人が草庵を訪ね、坐禅三昧の和尚に再三声を掛けたが応答がなく、片腕を延して背中を揺ろうとしたとき、和尚の姿がむくむくとふくれて部屋いっぱいに拡がり、村人ははじき飛ばされていた。

そして第三挿話。ある年、行暮れた旅人が破れほうけたその草庵で旅寝の夢をむすんだとき、広大な伽藍が現われ、そこに無数の小坊主が百態の限りをつくして、ののしり、笑いさざめいていて、一人の小坊主が立ち、「花もなくて／あら羞《はずか》しや。羞しや」と舞い、歌い、屁をたれ、こよなく悦に入っていた。旅人がその異様な饗宴に思わず笑声をもらしたとき、毛だらけの腕が肩にまたがり、首をしめつけられる。

第四説話の「結」は、村人が寄り集《つど》い、草庵を取毀《とりこわ》したところ、仏壇の下に当った縁下に大きな獣骨を発見したという。片てのひらの白骨に朱の花の字がしみついていた、と安吾は書いているが、これは団九郎狸が終生悟達の境に達しえなかったということで、次の結びの文章の悲愁と哀憐とに見事に照応している。

村人は憐んで塚を立て、周囲に数多《あまた》の桜樹を植ゑた。これを花塚と称んださうだが、春めぐり桜に花の開く毎に、塚のまはりの山々のみは嵐をよび、終夜悲しげに風声が叫びかはして、一夜に花を散らしたといふことである。この花塚がどのあたりやら、今は古老も知らないさうな。

河原万吉著『珍本物語』（東京汎人社、昭和六刊）に「技巧円熟の放屁物語『放屁上人絵巻』の話」というのがあって、安吾の放屁説話と引き較べてみたかったが、何しろ紙数が足らなかった。他日を期したい。

Ⅳ　谷崎潤一郎の『鍵』——敏子という存在

一九八七年（昭和六二）九月刊行の『現代文学史序説　文体と思想』（笠間書院）に収録されている「谷崎潤一郎『鍵』——〈教育〉という視点」には、谷崎文学を美と悪とエロスの三位一体像として捉える大方の評家が、単なる異色作として片付けている「小さな王国」（原題「ちひさな王国」——「中外」大正七・八）を、「刺青」（「新思潮」明治四三・一一）——「痴人の愛」（「大阪朝日新聞」大正一三・三・三～）——「鍵」（「中央公論」昭和三一・一～）に顕著に見られる〈教育〉という『源氏物語』的主題と決して無縁でないとする底意が働いていた。簡単に、わたしの〈教育〉というコードについて説明すれば、原型的には、光源氏が藤壺の宮そっくりの若君（紫上）を手許に引き取り、〈教育〉によって彼女を理想的な女君に仕立てようとした構図を指す。この『源氏物語』的主題を全円的に開花させた傑作が「痴人の愛」なのだが、実はこれは〈谷崎文学における「教育」〉という「刺青」以来の一貫したテーマだつたのだ。

図式化すれば、男が自分の見いだした女にある理想を持って（彼女を理想の女に仕立てようとして）教育を施すが、外ならぬその教育の成果によって逆に女に支配される物語の構図といえよう。谷崎の根強い願望ないし関心は傍線箇所にあり、『源氏物語』は別の過程を辿るが、これには谷崎がマゾヒストであること、それに作者が男と女であるという性差の問題がかかわっていよう。伊藤整は、吉野作造が「中央公論」（大正七・一〇）の「時論」で評価した「共産主義的小生活組織」の具現という指摘を受けて、「小さな王国」を「この作品は少年の世界に形を借りたところの、統制経済の方法が人間を支配する物語り」と要約している。しかし、ストーリーの展開からいえば、これも明らかに「刺青」以来の谷崎的「教育」の主題の物語なので、ベテラン教師の貝島が、沼倉という転入生の抜群の信望と統率力を級全体の為めになるよう利用しようとして、沼倉少年を賞賛し激励（教育）したことの結果が紙幣の発行にまで発展し、ついには、貝島自身、その支配下に組み入れられるのだ。女のメタモルフォーゼの物語という点で「鍵」と同型の文壇的処女作「刺青」では、見いだした娘を二階座敷に案内した清吉が、巻物二巻（古の暴君紂王《ちゅうおう》の寵妃末喜《ばっき》と「肥料」という画題のもの）をとり出して、娘の前へ繰り展げ、教育する場面はすこぶる象徴的だ。彼はその絵の女と同じ血が娘の体にも交っていることを教え、それを引き出し理想の悪女に仕立てよう（育てよう）とするわけで、女の背に燦爛とした刺青《ほりもの》はそれの完成の証《あかし》であり、清吉自身その前に拝跪する以外ない。

「痴人の愛」と「小さな王国」は写実小説だが、「刺青」と「鍵」は観念小説といっていい。しかし、「刺青」の登場人物が清吉と娘のふたりという単純な構成なのに較べ、「鍵」は、五十六歳の大学教授の夫と四十五歳のその妻郁子の日記をいわば交互に重ね合わせた形式になっている。が、厄介なのは、傍役の木村と教授夫妻の娘敏子が意外に重要な役割を担っていることだ。主役は大学教授とその妻郁子だが、教授の弟子で高校教師らしい木村とフランスの老夫人にフランス語の個人教授を受けている敏子という若いふたりの傍役の活躍で、あたかも「卍」（「改造」昭和三・三〜）のごとき関係小説の様相を見せるのだ。

老人の性を大胆に描破した小説として話題を呼んだ「鍵」の発表当時の反響については、「『鍵』――〈教育〉という視点」にすでに書いた。ここでは、以前から気になっていた敏子を軸に、物語の展開を追うことにするが、まず、上記論文で要約した物語の構造とあらすじを示しておこう。

この書簡体小説で注目されるのは、男の日記が漢字と片仮名で書かれ、女のそれが平仮名と漢字で書かれている点である。つまり、作者は男の日記の文体を〈男文字〉で書こうとし、女のそれを〈女文字〉で書くことで、何かを表そうとしたのである。〈男文字〉で書かれた漢文体（正確には漢文訓読体）は、行動・論理など外面世界を描くのに適し、雅文体（坪内逍遙流にいえば、雅言七、八分）は、感情・心理など内面世界を写すのに適しているが、おそらく谷崎は、古典的筆法を現代小説に生かそうと試みたのだろう。単に文体だけでなく、作者は男女の日記の記述に細心の注意を払い、お互いに盗み読みされている（また、している）のを承知のうえで、書き手が相手を誘い込むための狡智の限りをつくす。俗にいえば、狐と狸のばかし合いだが、〈性〉においてしたたかなのはいつも女性なので、ここでも「女ラシイ身嗜ミ」の古風な妻（郁子）が、「極メテ稀ニシカナイ器具ノ所有者デアルヿ」を夫から教わり、性欲の刺戟剤として若い木村との接触を使嗾され、夫に貞節であるという口実の下に、夫に内密で「最後の一線」を越える。彼女にその「器具」の優秀なのを日記を通して教えたのは夫だが、それを開発したのは若い木村なので、性的に自由になった彼女は、今度は木村と共謀して夫を死に追い込むのである。

三島由紀夫の最後の大作『豊饒の海』の第一巻「春の雪」での松枝清顕と綾倉聡子との恋愛劇にとって、綾倉家の老女蓼科の存在が不可欠なのに似て、「鍵」においては、大学教授の夫とその妻郁子の性の争闘劇において、敏子は木村に劣らぬ重要な役割を演じている。この書簡体小説は、大学教授の「僕」が五十六になった「一月一日」の「僕ハ今年カラ、今日マデ日記ニ記スコトヲ躊躇シテヰタヤウナ事柄ヲモ敢テ書キ留メルヿニシタ。」という書き出しで始まり、それを受けるかたちで四十五歳の妻郁子の「一月四日」の日記がつづくが、郁子が日記をつけるきっかけになったのは、たまたま掃除をしに入った夫の書斉の書棚の前に鍵が落ちていて、「私」に日記を読ませたがっていること。しかし、「私」に夫の日記帳の所在が分っているのに、夫は「私」が日記をつけているのを知らない、その優越感が何とも楽しいからだ、とある。こうした相手を意識しての狡智を傾けた日記の交互の展開が物語を作っていくのだが、性の争闘が佳境を迎えた「三月廿六日」の郁子の日記に、木村の敏子評として「僕はお嬢さんのイヤゴー的な性格を知つてゐる」という記述がある。それにつづく「三月廿八日」の夫の日記には、「……陰険ナ四人ガ互ニ欺キ合ヒナガラモ力ヲ協セテ一ツノ目的ニ向ツテ進ンデヰルヿデアル。ツマリ、ソレゾレ違ツタ思ハクガアルラシイガ、妻ガ出来ルダケ堕落スルヤウニ意図シ、ソレニ向ツテ一生懸命ニナツテヰル点デハ四人トモ一致シテヰル」という分析があるが、陰険さ狡智さという点では四人ともイヤゴー的で、ここには一人のデスデモーナもいない。しかし、ムーア人将軍オセローの旗手イアゴーは、自分でなく若いフローレンス人キャッシオーに副官の地位が与えられたことで主人オセローを憎んでいたのだが、同じ嫉妬劇でも敏子の奸計の動機はよく分らない。「三月廿四日」の「僕」の日記に、「一夜ニシテ妻ヲカヤウニ大胆ナ、積極的ナ女性ニ変ヘタノハ木村」だと思うが、「恐ラクハ敏子ガ主謀者」とあるように、この物語の進展そのものに彼女は深くかかわっている。いや、木村には代役がきくが、敏子なしには「鍵」の世界は成立しないといっていいので、敏子の物語へのかかわりという視座から、その展開を跡づけておこう。

「今日木村ガ年始ニ来夕。」で始まる「一月七日」の「僕」の日記で、初めて四者関係が明らかにされる。木村はジエームス・スチユアートに似た男で、「僕」が敏子に妻《めあ》わせようとして家庭に出入りさせていたという。この日、三時過ぎに「麗しのサブリナ」を観に行くといって、木村と妻と敏子の三人で出掛け、六時ごろ一緒に帰ってきて、食事を共にし、敏子を除く三人はブランデーを小量づつ飲む。「妻ガ僕以外ノ男カラブランデーノ杯ヲ受ケタノハ、今夜ガ始メテヾハナイダラウカ」とあって、木村は最初敏子に差したのだが、「私ハダメデス、ドウカマ、ニオ酌ナスツテ」と敏子が言ったからなのだが、「僕」はかねてから敏子が木村を避ける風のあるのを感じていて、それは木村が彼女より彼女の母に親愛の情を示す傾向があるため、と見ている。そして、敏子が木村との縁談に気乗りがしないこと、それは自分より母の方が木村を好いているから、むしろ自分が母のために仲介の労を取ろうとしていること、そのことで妻と敏子の間に暗黙の了解がある、と「僕」は考えている。

「一月八日」の日記で、郁子は、「私」の淫蕩は体質的なもの、といい、夫の精力の減退への不満を洩らしている。夫はあたかもそれに応えるかのように、木村に対する嫉妬を感じるとあの方の衝動が起ることを発見し、ブランデーを飲み過ぎて、風呂に漬ったまま人事不省になった妻を木村と二人で介抱、寝室へ運び、児玉医師を呼ぶ。以後、ほとんど三日置きぐらいに木村が来てブランデーが始まり、その度ごとに郁子が風呂場で倒れるのだが、夫の側には妻を寝室に運んだあと、螢光燈の明りの下にその全裸体をその全体像において鑑賞し愛撫したいという欲求があり、木村にそそのかされてポーラロイドの写真に撮《と》り、さらに昂《こう》じてツワイス・イコンで写し、風呂場を暗室にした木村に現像を頼む。

敏子は三人で酒が始まると、かならず嫌な顔をして自分だけさっさと切り上げて出ていってしまう。彼女は同志社でフランス語を教えてもらったマダム岡田の家の離れを借り別居するが、場所は実家から歩いて五六分の田中関田町で、木村が間借りしているのも百万遍の近所で田中門前町だから、この方は関田町にいっそう近い。教授夫妻と娘敏子と弟子の木村という三つの家の地誌学的構図。「二月十九日」の日記を郁子は「敏子の心理状態が私には摑めない」と書きはじめ、「だが少くとも彼女が父を憎んでゐることは間違」いなく、「彼女は父母の閨房関係を誤解し、生来淫蕩な体質の持主であるのは父であつて、母ではないと思つてゐる」。「母は生れつき繊弱なたちで過度の房事には堪へられないのに、父が無理やりに云ふことを聴かせ、常軌を逸した、余程不思議な、アクドイ遊戯に耽るので、心にもなく母はそれに引きずられてゐるのだと思つてゐる」。しかし本当は、そう思うように仕向けたのは自分だ、と告白する。

郁子の分析では、敏子の心の奥底には、母より二十も若いに拘らず、容貌姿態の点で自分が母に劣っているというコンプレックスがあって、彼女は最初から木村さんは嫌いだと言っていたが、本心は反対で、内々「私」に敵意を抱きつつあるのではないか、という。この郁子の女の勘はおそらく当っていて、敏子は母と木村に協力して父を死に追い込むことに奸計をめぐらし、同時に、恋敵の母を徹底して堕落させることに狂奔する。（敏子は関田町に移ることになって、最後の荷物を取りに来たとき、「ママはパパに殺されるわよ」とたった一言警告した。郁子には「その警告の云ひ方が妙に……意地の悪い、毒と嘲りを含んだ語のやうに聞えた」という。敏子は腺病質で心臓の弱い母を、父や木村と協力するかたちで追いつめる、そうした殺害願望を持っていたといえないか。そうした点でイヤゴー的なのである）。

「三月十四日」の郁子の日記に、木村からフランス語の本を借りる約束をしていたので、敏子が通りがかりに寄ってみると、木村は留守だったがそのまま部屋に入ったという。そして書棚からその本を抜き取ったら、中に数葉の手札型の写真が挟んであった。「ママ、あれは一体どう云ふ意味」と敏子が言った。その写真が先日夫の日記帳に貼ってあった「私の浅ましい姿を撮ったもの」と郁子にはすぐ察しがついたが、敏子はその写真が母と木村との不倫な関係を示す以外の何者でもない、と思っているらしい。「私」は事実をありのまま話しても、敏子が素直に受け取ってくれるかどうか疑問だったので、すべてはパパの命令に従ってしたことであり、「私」は何処《どこ》までもパパに忠実に仕えることを妻の任務と心得ているので、いやいやながら言われる通りしたと言った。ママの裸体写真がそんなにパパを喜ばすなら、ママはあえて恥を忍んでカメラの前に立つであろう、と重ねて言うと、「私はママを軽蔑する」

と憤然たる語調で、「ママは貞女の亀鑑と云ふ訳ね」と敏子はくやしそうに冷笑を浮かべた。敏子は、木村が母の裸体写真をどうしてあの本の間に挟んで置いたのか、「木村さんのすることだから」ただの不注意とは思えない、何か訳があるのではないか、という。敏子は木村が自分に何かの役目を負わせるつもりかも知れない、と本気で思っていたらしい。

この挿話は、敏子と木村との意外な親密度を明かしているだけでなく、敏子が関田町に移ることについて木村との事前の了解があったのではないか、と疑わせる。というのは、次の「三月十八日」の「僕」の日記は、ママが関田町の風呂場で倒れた、という敏子の電話で始まっていて、さきの「三月十四日」の郁子の日記を受けたかたちで、「鍵」の卍巴《まんじともえ》の興宴《きょうえん》の舞台が関田町に移り、敏子が物語の主導権を握ることになるのだから。この興宴は例のごとくブランデーで始まり、風呂場で郁子が倒れて、「僕」が駆けつけたときは、寝床が取ってあって彼女は長襦袢ひとつで寝ていた。「僕」が最近絶やしたことのないヴイタカンフルの注射をするが、関田町の家に入ったのは「僕」は初めてなのに、「木村ハコノ家ノ勝手ヲ心得テヰルラシク、浴室カラ洗面器ソノ他ヲ運ンダリ湯ヲ沸カシタリ注射器ノ消毒ヲ手伝」う。そして、「僕」が木村に自動車を呼んで来させ、家に運ぶわけだが、帰って書斎でその夜の出来事を日記に「書キナガラ僕ハ、此ノ数時間後に経験スルヿガ出来ルデアラウ悦楽ノ種々相ヲ予想」する。

つづく「三月十九日」の日記は、「払暁マデ僕ハ一睡モシナカツタ。昨夜ノ突然ノ事件ハ何ヲ意味スルカ、ソレヲ考ヘルヿハ恐怖ニ似タ楽シサデアツタ」で始まり、「『木村サン』ト云フ語ガ今暁ハ頻繁ニ、或ル時ハ強ク或ル時ハ弱ク、トギレトギレニ繰リ返サレタ。ソノ声ノ絶エテハ続キツヽ、アル間ニ僕ハ始メタ」。

ソノ時僕ハ第四次元ノ世界ニ突入シタト云フ気ガシタ。忽チ高イ高イ所、忉利天ノ頂辺ニ登ツタノカモ知レナイト思ツタ。過去ハスベテ幻影デコヽニ真実ノ存在ガアリ、僕ト妻トガタダ二人コヽニ立ツテ相擁シテヰル。……自分ハ今死ヌカモ知レナイガ刹那ガ永遠デアルノヲ感ジタ。……

重要なのは、「僕」の宿願としたこの性愛の法税を用意してくれたのが、「僕」（父）を憎んでいるはずの敏子だったということだ。

「三月十九日」（郁子の日記）の前夜には、映画に行く前に食事といって、敏子が関田町の部屋に木村も誘い、ブランデーを飲みながらすき焼で会食をする。「最初私は、今夜は敏子に酔はされるかも知れないな、と内々警戒し」ていたが、多少期待する気持もあって、映画は取り止め、着物を脱いで風呂場で意識を失ってしまう。

つづく「三月廿四日」の「僕」の日記の書き出しは「昨夜又妻ガ関田町ノ家デ倒レタ」で、このときは深夜敏子が車で迎えに来る。二十分以上も前に家を出たが、車がなかなか掴まらなかった、という敏子に留守番を頼んで、注射の用意をしてその車で出掛ける。「僕ニハ依然トシテ、彼等三人ガ何処マデ合意ノ上デ企ンダ仕事デアルノカハ分ラナカツタ。タダ恐ラクハ敏子ガ主謀者デアルヿ、彼女ガ故意ニ二人ヲ置キ去リニシテ、二十分以上モ途中デ時間ヲ費シテ……来タノデアルヿハ想像出来タ」（傍点大久保）。妻は先夜と同じく長襦袢を着ていて、妻の状態がこの夜は芝居くさいと分っていたので、ヴィタミンを注射する。

この夜は「木村サン木村サン」と呼ぶ声がいつもの譫言《うわごと》じみた言い方でなく、「底力ノアル、訴ヘルヤウナ、叫ブヤウナ声」で、「エクスタシーニ入ル前後ニ於イテ一層ソノ声が甚シカツタ」という。「僕」は、一夜にして妻をかように大胆な、積極的な女性に変えたのは木村であると思うと、一面激しく嫉妬し、一面彼に感謝する。そして、皮肉にも敏子は、「僕」を苦しめようとして、かえって「僕」を喜ばす結果になった、と書いている。

しかし、夫の没後に書かれた郁子の日記では、「紙一重のところまで」接着していた彼女と木村の最後の壁がほんとうに除かれたのは、正直にいうと三月二十五日だった、という。事実、「三月卅一日」の夫の日記には、「彼女ハ酔ツタフリモシナカツタ。光ヲ消スヿモ要求シナカツタ。ソシテ進ンデサマザマナ方法デ僕ヲ挑発シ、性慾点ヲ露出シテ行動ヲ促シタ。彼女ガコンナニ種々ナ技巧ヲ心得テヰルトハ意外デアツタ」と、妻の変貌に驚喜する夫が描かれる。こうなると、もはや手順を踏んだ関田町の演技の場は必要でなくなるわけで、夫の血圧が上昇して血圧計が破れてしまうほど高くなり、絶対安静を言い渡された三月三十一日以後、ほとんど連日のように郁子は午後より外出、夕刻帰宅となる。そして、敏子に勧められるまま洋服を作り、木村に言われて耳には真珠のイアリングを付ける。四月十七日（日曜日）、敏子が世話をしてくれた大阪の宿で、木村と楽しい半日を過ごす（ありとあらゆる秘戯の限りを盡くして遊ん）で家に帰り、夫との行為を成し遂げた途端、夫の体がにわかに弛緩し出して郁子の体の上へ崩れ落ちる。右側の脳の一部が切れた（脳溢血）との診断。そして、発病以来三度目の日曜日の五月一日の翌日の午前三時前後、二度目の発作を起して亡くなるのだ。

この小説は「六月十一日」の郁子の日記で終わっているが、最後はこう結ばれている。

木村の計画では、今後適当な時期を見て彼が敏子と結婚した形式を取つて、私と三人で此の家に住む、敏子は世間体を繕ふために、甘んじて母のために犠牲になる、と、云ふことになつてゐるのであるが。

しかし、郁子は娘の敏子が当初から木村とグルであったと考えていて、木村が夫にポーラロイドという写真機のあるのを教えるよう仕向けたのは敏子だという。当時は郁子自身、裸体にされて弄ばれていたことを知らなくて、自分より先に敏子が知り、木村に報告していたのだ。木村にしてみれば、他日、「先生」が撮影した裸体写真を、自分も手に入れることが出来るようになるのを期待していて、彼がポーラロイドで満足できず、ツワイス・イコンを使うようになり、現像する役目が木村自身に廻ってくるのを見通していたから、と夫没後の日記に郁子は書いている。自分が木村と会合の場所に使った大阪の宿にしても、「敏子もあの宿を誰かと使つたことがあり、今も使つてゐるのではないであらうか」と、郁子と木村と敏子の卍巴の性愛劇の舞台が、関田町から大阪の宿へと移ったのではないか、そうした疑念を郁子は抱いたように推測されるのだ。

V　三島由紀夫の『美しい星』

三島由紀夫の「美しい星」は、一九六二年（昭和三七）一月号から十一月号まで「新潮」に連載され、同年十月二十日、新潮社から出版された。その初版のオビに、諸家の批評が抜萃されて掲げてあるので、そのまま引いておく。

人間でありたい者、人間でありたくない者すべての願いを結集した、新鮮苛烈きわまりないドラマ。本年度最高の傑作（武田泰淳氏）。三島氏の作品中でも他に類の無い清新のものであるばかりでなく、空飛ぶ円盤の如く爽快な傑作といえよう（福田恆存氏）。日本の風土には近代的な意味での非自然主義文学は育ちにくいという迷信を破った作家のひとり三島由紀夫は、『美しい星』で最も困難な現実と反現実の熔接に成功している（高橋義孝氏）。

これらの批評は、広告文という性格上やや過褒に近いにしても、たとえば高橋義孝の評言など、今日なお示唆に富んでいるといっていいだろう。「美しい星」は現在〈ディスカッション・ノベル〉という評価が一般化しているが、こうした読みは、六一年秋から翌年半ばにかけての純文学論争の延長線上に起こったいわゆる「戦後文学」論争の過程で増幅されたもので、平野謙・磯田光一・奥野健男らによるきわめてアクチュアルな提言ではあった。

三島由紀夫の「美しい星」は空飛ぶ円盤をみて、宇宙人たることをひそかに自覚した二組のグループによる現代人批判をテーマとした作である。一組のグループは東京近郊に住む四人の家族であり、他の一組は仙台に住む助教授、床屋、銀行員からなるグループであって、水爆を所有するにいたった地球人の未来に対して、前者はその救済を、後者はその破滅を念願している。作の中心点は、ふたつのグループの代表者が人類の未来に対して白熱的な論争をかわすところにある。それが期せずして作者自身の現代人批判とも現代史批判ともなっている点に、この長篇の読みどころがある、と私にはみえた。宇宙人という一見トッピな設定も、そのための小説的構図にほかなるまい。とすれば、この長篇は少々鬼面人をおどかす気配がないでもないが、私一個としてはこの作者の迅速な頭脳回転の速度と小説ジャンルの拡大の意欲に、ひとまず敬意を表しておきたい。（平野謙「文芸時評」昭三七・一一）

これはいかにも小説の読み巧者らしい穏当な批評だが、はたして三島は現代人批判の場として「宇宙人という一見トッピな設定」をしたのだろうか。もっとつづめていえば、宇宙人という設定は、現代人批判・現代史批判の方便にすぎぬのか。

この点については、「日本読書新聞」（昭和三七・一一・二六）に載った磯田光一の書評（「斬新な政治小説—戦後文学の方法的盲点つく」）がその犀利な分析において群を抜いていて、たとえば「戦後文学」論争のさい話題になった奥野健男の「『政治と文学』理論の破産」（「文芸」昭和三八・六）など明らかに磯田説の延長線上にあるものだ。

今ここで六〇年安保以後生起した純文学論争とそれにつづく「戦後文学」論争について詳述している余裕はなく、これら一連の論争についてはわたし自身『戦後文学論争　下巻』（番町書房、昭和四七・一〇刊）でくわしい解説を施しているのでそれを看てもらうしかない。奥野氏の上記話題作の論旨を簡単に言えば、氏は、野間宏「わが塔はそこに立つ」（「群像」昭和三五・一一～三六・一二）堀田善衛「海鳴りの底から」（「朝日ジャーナル」同・九・一八～三六・九・二四）と安部公房『砂の女』（新潮社、昭和三七・六刊）三島由紀夫「美しい星」とを対比して、前者を「戦後文学」の時代遅れなふるい「政治と文学」理論によった失敗作、後者をそれの呪縛からまったく自由な「新しい政治小説」だとし、マルクシズムの政治へのコンプレックスから脱した後者によってはじめて〈政治の中での文学〉から〈文学の中での政治〉へというコペルニクス的転換がなしとげられたとしている。

奥野氏の上記論文は、「思想は人間以上に現実的だ」というドストエフスキーの逆説を見事に小説化した画期の作という磯田氏の書評の論旨を、文壇情勢論的な「政治と文学」の課題へ収斂させすぎた嫌いがある。しかし、主人公の太陽系惑星の宇宙人大杉重一郎と、白鳥座六十一番星の未知の惑星から来たという宇宙人羽黒助教授一派との論争の場面に一篇のクライマックスを見、そこにドストエフスキーの『カラマーゾフの兄弟』の「大審問官」の章を重ね合わせる見方は、新潮文庫の『美しい星』の「解説」まで一貫していて、奥野説は、「美しい星」を〈ディスカッション・ノベル〉として捉えた代表的見解といっていい。

こうした「美しい星」＝「新しい政治小説」説に真向うから対立する意見では、野口武彦『三島由紀夫の世界』（講談社、昭和四三・一二刊）が注目されよう。野口氏はまず、奥野氏が「美しい星」後半に展開される大杉重一郎と羽黒助教授一派との地球滅亡の可否についての議論《ディスカッション》に『カラマーゾフの兄弟』の「大審問官」の章を思い出すと書いている点に触れて、これはいくら何でもすこし大袈裟だといい、「わたしの感想では、この条りは作者の才気《エスプリ》と機智《ウィット》をたっぷり利かした愉しい哲学的饒舌《おしゃべり》といった筋合いのものでしかない」と断じている。そして、つづけて、実際のところ、この小説にもっとも精彩を与え、無類のおもしろさを発揮しているのは、登場する一人一人の「宇宙人」たちがみなそれぞれに愚物であり、お人好しであり、俗物であり、またあの羽黒助教授のように劣等感の塊りであったりする作者の痛烈きわまる皮肉なのだという。結論として、野口氏は「美しい星」の作品としての成功を、方法的・美学的に次のように意味づける。

……たしかに作者は、自分みずからの内部に燃焼している情念、ロマン派的心情の源泉としての「憧憬」が、ただそれのみでは永遠に浮遊状態に漂うしか能のない一種の夢遊病、ヘーゲルに「精神的肺患」と呼ばれたものにすぎないことを知悉している。だからこそ、この「憧憬」はイロニイ、自分自身に対する皮肉を利かして、作中人物から身を引き離し、作品世界と密着せず、したがってそこに完璧な虚構を屹立させ、ただ虚構であることだけが支えている「美」を確保するのである。／しかし、「美しい星」の主人公たちをとらえる地球人であることの絶望感、人間であることの不幸は、やはり三島氏の心の叫びである。「私たちは人間になつてしまふのです」という暁子の言葉に真実の響きがあるのはそのためだ。三島由紀夫氏がそうであるところのロマン派作家、「イロニイ的存在」は、いわばこのような人間脱出の夢を喰って生きる種属である。しかし同時に、まことに遺憾ながら人間の一員であるこの種族は、初めからおのれの夢が一つの不可能事であることを知っている。三島文学の成功作は、こうしたロマン派美学に特有の二律背反の上にあやうくも均衡を得て構築されている。

これは「美しい星」のみならず三島美学の内的構造を原理主義的に捉えた批評で、わたし流に解説すれば、野口氏は「美しい星」を、ロマン主義的人間の不可能性への夢、その二律背反の「イロニイ」を見事に形象化した作品として評価している、ということになろう。しかし、わたしは一つの作品を原理主義的に意味づけるのは、作家論や文学史に不可欠の作業であっても、作品論の本道はあくまでも作品の内的構造の把握、作品の仕組みの解明であって、むしろすぐれた作品ほど剰余の部分を多く含むものだ。かつて、石堂淑郎・小川徹・丸山邦男らと三島由紀夫のシンポジウムを持ったとき（この記録は「季刊　ピエロタ」一九七五年終刊号に載っている）、映画の脚本家の石堂氏がわたしの発言を受けて「私自身なかなか三島小説ってのは脚色できないという風な実感があ」ったといい、次のように要約している。

先程大久保さんは三島は戯曲の方が秀れている、と云われましたけど、例えば『わが友ヒットラー』で、最後にヒットラーが—政治は中道でなければいけない—という台辞を最初に発見して、その台辞を最も効果的にカタストロフへと持っていくように総てを叩き込んでいくと云われましたけども、大体そうで、三島さんの小説を読んでいると、要するに変えようがない訳です。非常に古典的に相拮抗する力というのがあって、それが進んでいってるもんですから、その間に脚色する余地がないという風な具合です。

その点では「美しい星」も、最後に一家全員で初めて円盤を見るという結末へ向かってすべてが集束していくようだが、太陽系の星々から地球にやってきた当の大杉家の四人といっても、金星の純潔を信ずる暁子と地上の権力を夢みる兄の一雄とはベクトルが逆なので、この小説の仕組みの面白さはなかなかのものだ、といっていい。「偉大な小説というものはすべてお伽噺だ」と喝破したのは『ロリータ』の作者ウラジーミル・ナボコフだが、彼は、アメリカのコーネル大学での講義をまとめた『ヨーロッパ文学講義』（野島秀勝訳）で「なによりもまず、わたしの講義は、文学の構造の謎を一種探偵推理的に探索するものである」と揚言し、傑作作品がどのような仕組みになって生きているか一貫して追求している。わたしもまた、ある意味では荒唐無稽なお伽噺といっていい「美しい星」のリアリティがどこから生まれているか、構造的に捉えてみたい。その前提として、まず小説の流れを辿ることにしよう。

「美しい星」は全十章から成り、「十一月半ばのよく晴れた夜半すぎ、埼玉県飯能《はんのう》市の大きな邸の車庫から、五十一年型のフォルクスワーゲンがけたたましい音を立てて走り出した」という「第一章」の書き出しで始まっている。大杉一家の当主の重一郎が、その日の四時半から五時までの間に南の空に空飛ぶ円盤が現われるという予告を受け、一家で近郊の羅漢山上に向かうわけだが、ついに円盤は現われない。しかし、約半年後、暁子は金沢の女たらしの贋金星人竹宮に騙されて妊娠し、一雄は政治家の黒木克己に見捨てられて地上の権力への夢を断たれ、重一郎は末期胃癌の絶望のなかで、はじめて一家そろって円盤を見るところで小説は終わるのだ。

ところで、この一家が突然それぞれ別々の天体（重一郎＝火星、暁子＝金星、一雄＝水星、伊余子＝木星）から飛来した宇宙人だという意識に目ざめたのは、その前年の夏のことである。この霊感は数日のうちに、重一郎からはじめてつぎつぎと親子を襲い、はじめ笑っていた暁子も数日後には笑わなくなった。

作者は解説して、わかりやすい説明でいえば、宇宙人の霊魂が一家のおのおのに突然宿り、その肉体と精神を完全に支配したと考えていいという。それと一緒に、家族の過去や子供たちの誕生の有様はなおはっきり記憶に残っているが、地上の記憶はこの瞬間から、贋物の歴史になったのだ。ただいかにも遺憾なのは、別の天体上の各自の記憶（それこそは本物の歴史）のほうが、ことごとく失われていることだ、と皮肉っぽくつづけている。

これを「西方の人」の芥川龍之介の比喩でいえば、彼らは「マリア」（日常性）を否定して「聖霊」（超越性）の子たろうとした、ということだろう。まず重一郎だが、飯能一の材木商の息子として生まれた彼は、実利的な父からはたえず罵られ、劣等意識に苛まれながら育つ。彼は温和なやさしい各種の芸術に救いを求め、父が生きているあいだは怠けながら会社の仕事を手伝っていたが、死後はその必要もなくなったので、何もせずに暮らした。そういう〈凡庸〉の一語に尽きる主人公が、五十二歳になって突然、恩寵のような優越感をわがものにし、火星からこの地球の危機を救うために派遣された使者の自覚に目覚めるのだ。

重一郎は無為な男だったが、思慮もあり分別もあったので、一家を衛るために一番重要なことは、自分たちが宇宙人だという秘密を世間の目から隠すことだと考える。彼の学んだ世間智は、人間の純潔や誠実は必死に隠さなければかならず損なわれると教えていた。自分たちの優越性は絶対に隠さなければならぬ。

われわれはこうした個所に、トニオ・クレーゲル的な芸術家と市民の二律背反の主題を読み取らないだろうか。「一体この、芸術家つて奴は内面的にはいつも相当ないかさま師ですからね、うはべだけは、仕方がない、服でもきちんと整へてゐるべきなんですよ、さうして尋常な人間なみに振舞はなくてはいけないんです」（高橋義孝訳）とはトーマス・マンの『トニオ・クレーゲル』中の言葉だが、早口にいえば、わたしには「美しい星」がきわめてイロニックな芸術家小説と思えるのだ。

ところで、作者は重一郎の恩寵の前触れとして、彼における日常性への嫌悪について描くことを忘れていない。言うまでもなく日常性への嫌悪と聖性希求とは、ロマン主義の構造からいって表裏一体のものだろう。たとえば重一郎は散歩の道すがら、ちかくの露地の一角にある桶屋の前を通り、新らしい風呂桶のまわりで二三の職人が釘音を立てているのを見て、その桶がやがて家族的な入浴に使われる日を思い悪感を感ずる。「この木の桶へまたいで入る良人や妻や子供たちの、ゆるんだ裸体と体毛と、腰のあたりに忘られて残つたシャボンの白い泡と、怖ろしい生活の満足」。

また、重一郎は東京へ遊びに出かけるたびに、つぎつぎと新築される巨大なビルの、昼間から螢光燈をともしている窓々に恐怖を覚える。「人々は声高に喋りながら、確実にそれらの窓ごとに働らいてゐた。何の目的もなしに！」。

　この世界が完全に統一感の欠けているのを見抜き、たえず粉々に打ち砕かれた世界の幻影に悩まされていた重一郎は、深夜何ものかの叫ぶ声にいざなわれて円盤を目撃し、ふかい感動に襲われる。それはまぎれもなく、ばらばらな世界が瞬時にして醫やされて、澄明な諧和と統一感に達したと感じることの至福であったという。

　重一郎は当初、宇宙人の家族たちに、「いやが上にも凡庸らしく。それが人に優れた人間の義務であり、また、唯一つの自衛の手段なのだ」とさとしていたが、その後にわかに態度を変え、いたずらに秘密を恐れないで、使命の実行に邁進するために、進んで同志を求めるべきだと言いだす。そして、暁子を助手に「宇宙友朋会」なる組織をつくり、「空飛ぶ円盤の垂示により／世界平和達成をねがふ」という東京一円の講演会に精を出すようになる。一つの見所は、重一郎の聖性希求の深化と正確に比例して胃癌が彼の肉体を冒し、その狂気の純潔の果てにはじめて一家揃って円盤を見る結末にいたる展開だろう。わたしは重一郎のかかる道行きに、〈芸術家と市民〉という二元論的課題から出発しながら、ドン・キホーテ的一元論者として死んだ三島自身の生涯の予告を見るものだが、しかし、それにしては、重一郎はその名辞と逆に存在の内実は軽いように思われる。

　この小説では、太陽系の星々からやってきた大杉家の四人―とくに重一郎と対比させるかたちで、白鳥座六十一番星からきた羽黒助教授一派の三人が描かれているが、むしろ前者の陰画といっていい後者のほうが輪郭鮮明といっていいだろう。これは前者が正攻法で描かれているのに較べ、後者がより単純化・戯画化して描かれているという描法の違いとおおきくかかわっており、作者の終末感をもるには後者のそれのほうがふさわしいのである。作者は大杉家の四人——重一郎とその妻伊余子、一雄と暁子の兄妹について、その一家の特徴を「澄徹した目」だと書き、その思想を宇宙の「大調和と永遠の平和」というが、羽黒一派——仙台の大学の万年助教授で法制史を講ずる羽黒真澄と、彼の行きつけの床屋で他人の噂話が死ぬほど好きな曾根と、羽黒の教え子で、大男の醜い銀行員の栗田の共通点については、「三人とも美しくないこと、たえず人を憎んでゐなければゐられぬこと、むかしから人間全体にうつすらした敵愾心を抱いてきたこと」と記すなど具体的だ。とりわけ注目されるのは、例の議論《ディスカッション》の場での羽黒の問題提起——人間認識だろう。人間には三つの宿命的欠陥、病気があって、その一つは事物への関心《ゾルゲ》であり、もう一つは人間への関心《ゾルゲ》、もう一つは神への関心《ゾルゲ》であって、これら三つの知的関心のどれを辿っても、人間どもはかならず水素爆弾の釦を押すと羽黒はいう。

これに対し重一郎は、人類救済の使命感から、人間の愛すべき特質、五つの美点を挙げる。

　彼らは嘘をつきつぱなしについた。
　彼らは吉凶につけて花を飾つた。
　彼らはよく小鳥を飼つた。
　彼らは約束の時間にしばしば遅れた。
　そして彼らはよく笑つた。

以上は重一郎が、人類が滅んだらその墓碑銘に書きつけるという章句だが、簡単にいえばこれは、宇宙の果てしない闇のなかで、意味も目的もなくパンをたべて生きているだけの人間の在り様のむなしさ、むなしさゆえのいじらしさを比喩的に謳《うた》いあげたものなのだ。そして「空虚が花を咲かせる」、まさしくその現在の一瞬において「花」と化することこそ、生の陶酔であり至福であって、ここに三島美学の核心が存するのは勿論なのだが、しかし、重一郎の弁明はいかにも及び腰で、孤軍奮闘の彼は力盡きて倒れ、「灯下にまざまざと良人の顔を眺めた伊余子は、わづか数時間のあひだの怖ろしい傷悴のあとにおどろ」くのである。

大杉一家の四人では、重一郎と妻の伊余子、一雄と暁子の兄妹が対として描かれている。というより、この小説は、じつに入り組んだ〈対照法〉によって仕組まれているので、〈場面対照法〉〈人物対照法〉〈心理対照法〉その他いくつかの劇的対立によって、物語の輪郭を鮮明にしているといえよう。

まず、物語の冒頭で、「いやが上にも凡庸らしく。それが人に優れた人間の義務でもあり、また、唯一つの自衛の手段なのだ」という家長の教訓と逆に、近所の人たちからますます孤立してゆく大杉家が暁子の挿話として描かれる。自分が金星人と知ってから、暁子は日ましに美しくなったが、その美しさが金星に由来していると自覚して以後、たちまち気品と冷たさが備わり、近所の人たちは男ができたのだろうと噂したが、暁子はますます男たちに対して超然たる態度を示す。

重一郎は将来の活動のため、父親が残した株をすっかり整理して銀行預金に換えたが、株は莫大な値上がりを示し、財産は五倍にふえていた。ところへこの夏の大暴落があって、五万円もすった近所の村田屋という雑貨屋のおかみさんはひどく怨んでいる。彼女は大杉家が何らかの予知の手蔓を持っていたと思いこみ、その秘密を探ろうとしているから格別愛想がいいが、「できることなら、毒でも盛つてやりたいもんだ」と内心思っている。暁子は粃《しいな》だらけの小豆を、一合三十円で売りつけられ、そのうえ頼みもしないのに、粒の揃わぬなめこの罐詰を倍値の二百円で押しつけられながら「何ていい人たちでせう」と思う。「私には拒まれてゐるけれど、あそこに地球人の生活の善意と幸福があるんだわ。私たちの力で、どうしてもあの人たちを水素爆弾から守つてあげなくては」。その後、麻薬か共産党だというおかみさんの注進で、大杉家は地元警察署公安部巡査の訪問を受ける。

さきの村田屋からの帰り、暁子は、当然学校へ行っているはずの兄の一雄が、見知らぬ娘と歩いているうしろ姿を認め、怒りのために頬を赤くする。「又やつてゐるんだわ。人もあらうに、地球人の女なんかと！」。明らかに兄は父重一郎の、「凡人らしく振舞ふんだよ。いやが上にも凡庸らしく」という教訓を悪用していたので、兄がその女の純潔をではなく、暁子の純潔を潰しているような気がしたのだ。兄の一雄にとっては、絶対に無答責であるはずの地上の女どものほうが魅力的だが、暁子は天界の清浄で高い恋愛に憧れている。作者は暁子の金星の純潔についてこう書く。

金星《ヴィーナス》の純潔とは一つの逆説である。しかし暁の冷気に浴してあらはれたその姿は、フェニキヤの沖の緑の泡から生れ出た時の女神と同様で、愛欲のおぞましい法則をまだ何一つ知らぬげに見えた。……彼女の純潔の特性は、卑小な道徳に縛られた地上の女たちの純潔とはちがつて、あらゆる倫理を超えた硬い輝やく星のやうな純潔だつた。純潔！　純潔！　暁子の内部にはいつも一つの音楽のやうにこの言葉が鳴りひびき、通学の満員の電車のなかでも、十六番教室の米文学史の講義のあひだにも、この言葉は鳴りやまなかつた。

金沢の金星人の竹宮という青年が、自分は円盤の出現の予報の能力を持っており、もし暁子がその日に金沢に来てくれれば、自分と一緒に円盤の来訪に接することは確実だ、とたびたび書いてよこし、次の日は十二月二日の午後三時半だと明記してきた。暁子は両親の反対を押し切って承諾の返事を出したが、これには、十一月中三度も円盤出現の予告に裏切られた父への不信もあって、彼女は疑いようのない共感や、動かしようのない証據が欲しくなったのである。

おおざっぱにいって、この小説には、重一郎の物語を主軸に、暁子と一雄の二つの物語が交叉している、といってもいい。地上の倫理を否定して金星の純潔に生きる暁子は、美青年の竹宮と内灘で円盤を見てのち妊娠し、竹宮が地球人のただの女たらしに過ぎなかったと父に告げられても、地球にいて金星の子を生むためには、触媒のような存在が必要だったのだ、と自得していう。そして、逆に父に対して、宇宙人としての自信を試《ため》すわけだが、重一郎は暁子から「胃潰瘍といふのは嘘です。お父様は胃癌で、それももう手の施しやうがないんです」と真相を告げられ、人間的な苦悩のどん底に突き落される。しかし、その奈落の底で、ふたたび重一郎は啓示を受け、家族とともに病院を脱出、東京近郊の円丘の叢林の後方にはじめて一家揃って銀灰色の円盤を見るのだ。

暁子の宇宙人としての仕組みが、あらゆるものを嚙み砕いて金星の純潔に収斂させる素早さにあるとすれば、一雄の場合、地上の人間や事物に対して絶対に無答責である、つまり、地球に対して何の義務も負わず何の最終的責任も負っていないという宇宙人の利点を生かして、地球の画一的な支配を夢みているといえよう。一雄は、大学の講演会で左翼学生が暴れたのを手際よく鎮圧して政治家（衆議院議員）の黒木克己《かつみ》に認められ、選挙区の遺族会の東京案内を命じられたりするが、あるとき、深夜帰宅する黒木の車に乗せてもらい、途中小用に降りた黒木がなかなか戻ってこず、そのくせ戻って来かかる影の素早さに、一瞬、異常なものを感ずる。その夜は壮麗な星空で、黒木もまた、その星空に向かって彼一流のコスモロジイを練り直していたのかもしれないが、しかし、そのとき、一雄はふと、この人も宇宙人ではないか、と疑ったのだった。

　車に二人が落ちついて、さて走り出すと、一雄はさりげなくかう訊いた。

「星はお好きですか？」

「星？　星だつて？　……ああ、好きだよ」

と黒木は断定的に答えた。

わたしの臆測をいえば、黒木は明らかに、あり得たかもしれない一雄の未来像として描かれている。しかし、以上のささやかな事件の後、一雄は黒木から次第に遠ざけられるのだ。黒木が選挙区の宮城県につくった反日教組教育の牙城として知られる旦々塾《たんたんじゅく》へ出かけたとき、一雄はお供を仰せつからなかったのが不満だったが、その後、黒木が入会《いりあい》権問題をめぐるトラブルでかけつけたという事情を知る。この問題の相談役になったのが、あの白鳥座六十一番星から来た宇宙人で、入会の権威の羽黒真澄助教授であって、彼によって村民との和解の見通しがつき、黒木は喜んで帰京したという。帰京のさい、すでに十年の知己のごとくなった黒木と羽黒は、駅頭で固い握手を交して再会を約したと週刊誌の記事にあったが、一雄は一種の直観で、何かしら胡散くさいものを感ずる。ありていにいえば、黒木と羽黒との出会いはたんなる偶然でなく、自然らしく仕組まれていてもそこに巧妙な操作を感じたということだろう。

羽黒助教授が床屋の曽根と銀行員の栗田を連れて上京したとき、一雄が接待役を仰せつかる。その揚句、黒木から、お父上の来歴の秘密を打明けてもらいたいと懇願され、正式の秘書にすることと、将来選挙に立つときには黒木の地盤を譲ってもらうことを条件に、父の重一郎が火星から来た宇宙人である事実を話す。その後、黒木克己が新党を結成し、羽黒助教授が顧問に招かれたという新聞記事に接するが、もちろん、一雄には何の連絡もなく、一雄は黒木から自分が捨てられたのをはっきり知らされる。

見方によれば、黒木が羽黒一派につながっているというのは、政治がその属性として悪をかかえていることの比喩かもしれない。その点、一雄は暁子と対蹠的にすべてにおいて中途半端で、父の重一郎が胃癌であると知って、衝撃を受け涙を流す。重一郎も、暁子から真実を知らされ、一時は人間的な苦悩のどん底にいるが、その究極で宇宙人としての聖性希求に目覚める。そこへいくと、木星人の伊余子は終始一貫ドメスティックで、最後に宇宙へ旅立つとき、銀行の定期預金証書や普通預金通帳まで持ってゆくのだ。暁子と伊余子と。聖性希求と日常性密着というこの対蹠的な女性像にも、作者の才気と機智がふんだんに盛られているのは言うまでもない。

Ⅵ　屹立する幻想空間　安部公房
――「曠野」の裏側にある「半砂漠的な満洲」

一　演劇の可能性の実験集団

先日（一九七三・六・四）、渋谷の西武劇場のこけらおとしで、安部公房の「愛の眼鏡は色ガラス」を観た。田中邦衛・仲代達矢・井川比佐志・新克利・山口果林・条文子など〝安部公房スタジオ〟の面々による芝居で、非常におもしろかった。同行の編集者のN君など、久し振りに芝居らしい芝居を観たといっていたが、たしかにこの芝居には役者の肉体の激突があって、それが言葉となり演技となって舞台という演劇空間を圧しているように感じられた。近頃まれな充実した舞台である。じつはわたしは「批評」同人であった関係で、三島由紀夫（彼も「批評」のメンバーだった）の浪曼劇場による芝居はほとんど観ているが、安部公房のものは初めてだったのだ。彼の「制服」（「群像」昭和二九・一二）や「友達」（「文芸」昭和四二・三）や「棒になった男」（「文学界」昭和四四・八）などは、レーゼ・ドラマとして、つまり文学作品としてその戯曲のおおくを読み感心していたが、今度の場合はあきらかに文学的感動と異質なもので、いわば純粋な演劇的感動といったほうがいい。

しかし、もともと芝居は役者（の芸）を観るもので、筋や思想といったものは二の次のはずなのだが、おそらく十九世紀末の自然主義劇以来、文学的思想が重視され、むしろ役者はかかる思想を伝達する手段と化してしまった。これはそのまま、自然主義文学において、言葉が社会・人生を描くための手段になり下がった事情と対応していよう。象徴主義以後の二十世紀文学は、文学としての言葉の自律性の回復の歴史であった。日本においては、大正末期の横光利一たちの新感覚派の文学運動や象徴主義から出発した小林秀雄らの批評活動などがそれに当たるが、西洋の自然主義の翻訳劇から始まった日本の新劇は、ながいこと（思想）の呪縛から逃れられなかった。いや、もしかすると、演劇を劇場芸術として真に自立させる運動は、福田恆存らの劇団〝雲〟や三島由紀夫らの〝浪曼劇場〟などによって開始されたばかりなのかもしれない。そして、三島由紀夫亡きあともっとも期待されるのが演劇の可能性の実験集団としての〝安部公房スタジオ〟なので、今度の旗上げ公演は、彼らの「訓練の理論の実践」の成果をいかんなく示している。

今回の「愛の眼鏡は色ガラス」の上演がおそらく以前と違うのは、極端にいえば文学臭のほとんど皆無な点だろうと思う。実際のことをいって戯曲『愛の眼鏡は色ガラス』（書下ろし新潮劇場、昭和四八・五）を観劇に先だって評判の小説『箱男』（新潮社「純文学書下ろし特別作品」昭和四八・三）と一緒に読んだとき、両者の主題の共通性は認めても、文学作品として優れているとはどうしても思えなかった。従来、安部公房の戯曲は、小説として書いたものを作り直したものがおおく、そこにたしかな文学的主題と意味を感じることができた。

たとえば、安部に「友達」という戯曲の傑作がある。小説『闖入者』（「新潮」昭和二六・一一）を再構成したこの戯曲においては、かつての小説のモティフがより以上に深化され、場面設定と抜きさしならぬ関係で結びついているのだ。

二　綿密に計算された演劇空間

「友達」の主人公の「男」は、あるアパートに住んでいる独身の商事会社の課長代理だが、彼がその夜やがて結婚するはずの婚約者と電話で愛をささやいていると、彼の部屋に、祖母・両親・息子・娘の見知らぬ八人家族が突然訪ねてきて上がり込む。何かの間違いでしょうと狼狽しまた怒ったり哀願したりする主人公を尻目に、彼らは善意を押売りして住みつき共同生活をはじめるのだ。アパートの管理人も警察も、婚約者の依頼でやってきた元週刊誌の記者も、この堂々たるあまりにかたちの整った家族を信じてしまい、主人公の不法侵入の訴えをとりあげようとしない。彼は金も、月給も、退職金も恋人までもとりあげられ、ついには息の根まで止められてしまうのだ。

この芝居の最後で、主人公の死を見届けながら、「次女」が、「さからいさえしなければ、私たちなんか、ただの世間にしかすぎなかったのに」とつぶやくシーンがあるが、この「糸がちぎれ、とび散った首飾り」である大都会の孤独な人びと、迷いっ子たちをあたたかく愛し、共同生活のたのしさを味わわせてやろうという善意と使命感を持った人類最醜の聖家族たちは、つまり「ただの世間」の象徴にすぎなかろう。しかし、それがいかに個人の自由を圧迫し、ついにはそれを根こそぎにしてしまう魔力を持っているかを作者は見事に描いたわけで、この芝居は、「孤独の思想」が「連帯の思想」に敗れる物語、といっていいであろう。

「友達」には、日本的な人間関係のいやらしさ、もともと農村的な共同体とともにあった人間関係における善意の押しつけの厚かましさが寓意的に描かれていて、それと対比されて都会的感受性を身につけた主人公の「男」は誰からも理解されぬまま〈犠牲〉として死ぬことで終わっている。この芝居は、安部公房的主題をもっとも見事に形象化した作物のひとつだが、「愛の眼鏡は色ガラス」には、こういう文学臭はほとんどなくて、むしろ狂気と正気の交錯、それの織り成す幻想の演劇空間の樹立に作者の意図があったといっていい。

おそらく作者は、この芝居を、〝安部公房スタジオ〟の実験劇として制作したのにちがいあるまい。噂によれば、安部公房は六月四日の開幕まで二カ月ほど連日のように田中邦衛・仲代達矢ら同スタジオの面々をしごいたといわれ、そこにはたんに劇作家・演出家という関係でなしに、ともに演劇空間の樹立に参加するというたしかな決意があったにちがいない。

『愛の眼鏡は色ガラス』は、その単行本の帯に「〝東京丸焼き〟を企図する死のハムレット作戦」とあるように、一見荒唐無稽で、そこには「友達」におけるような明白な現代日本の寓意はないようにみえる。しかし、この芝居は、じつに綿密に計算された劇なので、ここでは言葉が人と人との関係として演劇空間をつくり、それ自体、極小から極大にいたるまでの幻想空間としての宇宙を形成している。

この芝居には、「白医者」(田中邦衛)と「赤医者」(仲代達矢)、それに「男」(井川比佐志)、「首吊り男」(新克利)、「女A」(山口果林)、「女B」(条文子)など精神病院の住人が現われる。これらの精神病者が九つの鏡のついたドアがある病院の大広間で、たがいの役割を演じ言葉をからませ合うのも面白いが、「女B」が放火する現場を目撃したというオレンジ、グリーン、縞（女）のヘルメットの学生がやってきて、口止め料をゆすりとる交渉をはじめるあたりから俄然緊迫してくる。ここには、あきらかに七〇年安保当時の極左学生運動への諷刺があるが、それよりも重要なのは、正常なはずの彼らが患者たちとまったく変らぬ狂気の持主であることで、むしろ論理的である彼らのほうが狂人の言動よりも滑稽であり独り相撲に見えることだ。

これはそのまま、正気と狂気との見分けがたい現代の世相を暗示しているといっていいが、注目すべきことは、ここの狂人たちがみなきわめて陽性で、開放的だということである。彼らはひとりひとりの妄想に閉じ込もらず、おのおの役割を持ちながら幻想の共和国に奉仕しているというべきで、その軸になるのが「〝東京丸焼き〟を企図する死のハムレット作戦」ということになろう。

卵を入れた箱をかかえる子供の孵化するのを待ちつづける「女A」は「私は愛するオフェリヤ」とい い、例の放火魔は「私は愛されるオフェリヤ」とつづいていう。ふたりともハムレットを探しつづけているわけだが、はたして正気のくせに狂気を演じているのが誰か、ということになれば、簡単に「赤医者」といい切れない。ただ彼が、「白医者」よりも「医者」的であることは事実なので、彼は、「愛の眼鏡」の「色ガラス」を掛けることによって患者の孤独な妄想を開放し、「妄想は、妄想なりに、互いにからみ合せて、それなりの社会を構成してやるよう」努めているのだ。

放火しては消火器を売り、消火器を売ってはまた放火するいわゆる「ハムレット作戦」も、彼によれば患者の治療のためのものなので、飛んだ火種の「ハムレット」はオモチャ屋に行けばいくらでも売っているという。幕切れで、ふいと照明が明滅し薄暗くなると、「赤医者」は狼狽して、「おい、誰か配電盤を見て来てくれ！　明りがなけりゃ、赤レンズの効き目もなくなっちまうぞ！」と叫び、最後に、遠くから急激に炎がまきおこす風の轟音が鳴りひびいてくると、「ちくしょう、光をよこせ！」と絶叫する。彼はたしかにハムレット的な佯狂（にせきちがい）なのだが、正確にはハムレットのパロディというべきかもしれない。

以上の「愛の眼鏡は色ガラス」の解説は、あくまで私見による合理的解説で、じっさいにはこの芝居にはゴム人形が登場したり、「自由の女神」の立像が最後には変形し歩きだして、ラグビーのボール大になった卵のうえにまたがり、体をゆらせはじめたりして、「壁―S・カルマ氏の犯罪」（「近代文学」昭和二六・二）以来なじみの有機物と無機物との交感の世界、変形譚が展開される。もともと、「愛の眼鏡は色ガラス」の世界は、正気と狂気の交錯する幻想の世界、いわば夢の世界の再現に似たそれを描いたもので、合理的に解釈するのがどだい無理な話なのだ。この奇想天外な芝居は、その面白さを役者の変幻自在なコミカルな演技と、それに呼応した科白《せりふ》の乱反射によって味わえばよく、寓意的に解釈することなどあまり意味がないかもしれない。重要なのは、劇団主宰者兼劇作家兼演出家の安部公房が同スタジオに集まったきわめて有能な演技陣の新たな個性を抽きだし新劇の新生面を開いたということであって、戯曲「愛の眼鏡は色ガラス」自体の文学的評価にかかわる問題ではなさそうだ。

三　読後感の重さがない「箱男」

「愛の眼鏡は色ガラス」を文学作品としてみた場合、まず、奇抜な着想と、文明批評性と、奇智にとんだ科白の交錯のかもしだす黒いユーモアの面白さを挙げることができるだろう。そして、これは評判の「箱男」についても、前二者にかんするかぎり共通していえることなのである。

ところで、わたしは、「書下ろし新潮劇場」の一冊として『愛の眼鏡は色ガラス』が発売されたとき都内の有名書店を探してみたが、すでに数日後に一冊も見当らなかった。消息通に訊いてみたら、戯曲だから部数がおおくないので売切れたのだろう、ということだが、いくら部数がおおくなくとも戯曲が発売後数日にして売切れるとは異常というほかない。そういえば、芝居のほうも連日満席らしい。やはり、安部公房の人気というほかないので、以後、わたしは安部公房の人気の源泉と思われる都市的感受性について考察を加えることにしよう。

話題作「箱男」にしても、最近の安部公房は文明批評的要素だけが目立ち、着想の奇抜と周到な計算のわりにそれを生かす文学的リアリティの不足が目立つのだが、これはなにも今にはじまったことでなく、「終りし道の標べに」(『個性』昭和二三・二)やとくに「壁―S・カルマ氏の犯罪」などの初期にも顕著な傾向であった。わたしは彼の小説では、彼の満洲からの引揚げ体験を作品化した「けものたちは故郷をめざす」(『群像』昭和三二・一―四)や、六〇年安保直後の秀作『砂の女』(新潮社、昭三七刊)、それにつづく「他人の顔」(『群像』昭和三九・一)、そして都会の迷路を描いた『燃えつきた地図』（新潮社、昭和四二刊）に注目するが、作品としては「砂の女」「他人の顔」が絶頂で、『燃えつきた地図』以後、下降線をたどっているように思われてならない。『燃えつきた地図』が書下ろし出版された際も、わたしは興奮して読んだものだが、この都会の迷路に消えた失踪者を追跡する異色の小説が、主題をつよく提示することができずに風俗小説にちかくなってしまっているのに失望した。今回の「箱男」も、こまかく計算された知的構成の目立つ作品だが、難解で読者に頭をつかわせるわりに読後感の重さがなく、意図だけが鮮明にのこる。この小説でも、「他人の顔」の主人公の仮面づくりの過程と同様の、箱男の「箱」についての精細ないかにもそれが現実にあるかのような記述があるのだが、リアリティの厚みとしてとうてい前者の比ではなく、それが「他人の顔」と「箱男」との文学的優劣ともそのままつながる問題だと思う。

四　「曠野」の中で成長する「壁」

私小説を軸とした日本のリアリズムの文学伝統のなかにあって、アヴァンギャルド的な反リアリズムともいうべき安部文学は、ながいこと文壇の主流に迎えられなかった。彼は一九五一年（昭和二六）、「壁—S・カルマ氏の犯罪」で芥川賞を受けたが、これはむしろ偶然の僥倖《ぎょうこう》というべきで、彼の作品が理解されたわけではない。彼には、師の石川淳や実存的抽象小説の先輩の埴谷雄高や、超近代志向のアヴァンギャルド運動の提唱者の花田清輝、それに同世代の若い詩人批評家などの少数の理解者はいたが、「砂の女」で脚光を浴びるまではあくまでもマイナーとしての傍流の存在であった。それが「砂の女」では、既成文壇の絶讃を博したのはもちろん、ベストセラーになり、映画化までされて大衆に受け入れられたのだから、作者の安部公房も最初はとまどったに違いあるまい。つまり、これは安部公房的主題が世に迎えられたということで、いわば世間の側に安部公房的主題を受け入れる素地ができていたことを意味していよう。処女作「終りし道の標べに」を「個性」一九四八年（昭和二三）二月号に発表して以後の安部文学のアヴァンギャルド性は、伝統的な日本的感性への異和感を軸に増殖され、それゆえに未曽有の衝撃力をもっていた。彼のアヴァンギャルド文学の基盤は、彼自身がある略年譜に書きつけた次の記述によって明らかだろう。

ぼくは東京で生れ、旧満洲で育った。しかし原籍は北海道であり、そこでも数年の生活経験をもっている。つまり、出生地、出身地、原籍の三つが、それぞれちがっているわけだ。おかげで略歴の書き出しがたいそうむつかしい。ただ、本質的に、故郷を持たない人間だということは言えると思う。ぼくの感情の底に流れている、一種の故郷憎悪も、あんがいこうした背景によっているのかもしれない。定着を価値づける、あらゆるものが、ぼくを傷つける。

安部公房の「壁―S・カルマ氏の犯罪」の最後は、「見渡すかぎりの曠野です。／その中でぼくは静かに果しなく成長してゆく壁なのです」という章句で終わっているが、これはそのまま「けものたちは故郷をめざす」のおわりで、引揚げ者の主人公の少年久木久三が、「……ちくしょう、まるで同じところを、ぐるぐるまわっているみたいだな……いくら行っても、一歩も荒野から抜けだせない」といっているのと同じだろう。「名前」を失った「壁」の主人公カルマ氏は、胸部の陰圧によって雑誌のグラビヤ写真の「曠野」を吸収してしまい、「名前」を求めて空虚感と悲哀感のなかに生きているのだが、そのうちその「曠野」のなかに「壁」がめばえ、見渡すかぎりの「曠野」の真っただなかで「壁」が静かに果しなく成長してゆく。つまり、主人公自身が壁に変身してしまう。この「曠野」のなかで成長する「壁」とは、「自然」にたいする「人工」のことであり、そしてここに現われた「曠野」のイメージの裏側に、作者が少年期と東大医学部学生であった敗戦前後の生涯でのもっとも重要な期間を過ごした「半砂漠的な満洲」の原光景があることは容易にわかる。その「曠野」のなかに屹立する「壁」とは、自然的暴威に抵抗できる唯一のものともいうべき意識存在としての人間のことであるが、久三にとって荒野自体が束縛の「壁」であり、また自由の「壁」であるはずの彼が永遠に荒野から抜けだせないでいることはきわめて象徴的だ。彼は満州の巴哈林《バハリン》を「故郷」としながら、両親を失いただひとり新たな「故郷」である日本をめざして無限の荒野を南下し、ようやく引揚げ船に乗るのであり、彼は闇物資を積んだ怪しげなその船に乗って日本に向かいながら、「……おれが歩くと、荒野も一緒に歩きだす。日本はどんどん逃げていってしまうのだ」と感じつづけるのだ。

この場合、巴哈林を「終りし道の標べに」でいう「生れ故郷」、日本を、日本人である彼の「存在の故郷」といっていいだろう。この作には、「二つの故郷」について説明があり、「ひとつは、われわれの誕生を用意してくれた故郷であり、今ひとつは、いわば《かく在る》ことの拠り処のようなものだ」といっている。そして、つづけて、「人間は生れ故郷を去ることは出来る。しかし無関係になることはできない。存在の故郷についても同じことだ。だからこそ私は、逃げ水のように、無限に去りつづけようとしたのである」と書きつけているが、これはそのまま「けものたちは故郷をめざす」の解説になっていよう。

安部公房の小説のなかで、久木久三は作者にもっとも近い主人公だが、彼もまた「生れ故郷」を失くして満洲から引揚げてくる日本人の一人ということで典型的な匿名の人物であり、「名前」を失くしたS・カルマ氏と同じだろう。彼にとって、日本人の真の「故郷」である日本へ帰ることは、むしろ「生れ故郷」からの逃亡を意味したという点がじつに重要なので、この「逃亡」の図式は「砂の女」にそのまま引き継がれている。

五　砂粒的に生きる現代日本人

ところで、「砂の女」の冒頭に、流動する砂のイメージの無機的なじつにすばらしい描写があるが、それにつづく設問は、われわれに「砂の女」のモティフと意図とを明瞭に示してくれている。そしてそれが同時に、なしくずし的に近代化都市化した一九六〇年代初頭の大衆社会化状況を暗喩している点がことのほか重要なので、最後に失踪者としてはじめて「名前」（仁木順平）が明らかになる「男」（彼）も、いわば匿名の、砂粒的人間のひとりなのだ。

その、流動する砂のイメージは、彼に言いようのない衝撃と、興奮をあたえた。砂の不毛は、ふつう考えられているように、単なる乾燥のせいなどではなく、その絶えざる流動によって、いかなる生物をも、一切うけつけようとしない点にあるらしいのだ。年中しがみついていることばかりを強要しつづける、この現実のうっとうしさとくらべて、なんという違いだろう。たしかに、砂は、生存には適していない。しかし、定着が、生存にとって絶対不可欠なものかどうか。定着に固執しようとするからこそ、あのいとわしい競争がはじまるのではなかろうか？　もし、定着をやめて、砂の流動に身をまかせてしまえば、もはや競争もありえないはずである。現に、沙漠にも花が咲き、虫やけものが住んでいる。強い適応能力を利用して、競争圏外にのがれた生き物たちだ。たとえば、彼のハンミョウ属のように……

流動する砂の姿を心に描きながら、彼はときおり、自分自身が流動しはじめているような錯覚にとらわれさえするのだった。（傍点大久保）

安部公房は「べつに流動する砂のイメージ」に、高度工業化社会の出現によって、あるいは近代化・都市化によって砂漠化した一九六〇年代の日本の状況を暗示したわけではなかろう。彼の反リアリズム小説を現実の何かを暗喩した寓意小説として読むのはあきらかに誤りなのだが、しかし、さきの引用文は、日本が日本でなくなった状況のなかで、日本人はコスモポリットとして生きうるかという問いともとれるので、ある意味ではここに「砂の女」の一編の主題が要約されており、また次作の「他人の顔」から「燃えつきた地図」「箱男」とつづく「都会の砂漠」に生きる孤独な砂粒的人間を主人公とした小説の主題が予兆されている。

「年中しがみついていることばかりを強要しつづける、この現実のうっとうしさ」とは、農耕民族・定着民族としての日本人の人間関係・日本的感性の陰湿さへの嫌悪であり、ここにはあきらかに「日本」を「生れ故郷」としない安部公房の「故郷」（日本）憎悪がある。彼の深層意識のなかに生きつづける「故郷」とは、久木久三とおなじ「半砂漠的な満洲」なのだが、一九五五年（昭三〇）前後から急速に進展した経済の高度成長による大衆社会化は、日本の社会構造を根底的に変質させ、それにともなって農耕民的メンタリティにかわるデラシネ（根なし草）としての都市的感受性を普遍化させた。つまり、近代化・都市化の進行にともない、日本人一般がおおかれすくなかれ安部公房的な「故郷」喪失感を味わわざるをえなかったので、「砂の女」以後の安部公房の爆発的人気は、無目標社会のなかで砂粒的に生きる現代日本人の問題意識をもっとも尖鋭に捉えているところから生まれたのだろう。

六　限定された空間を超えて

「砂の女」は、主人公の「男」が、八月のある日、休暇を利用して汽車で半日ばかりの海岸の砂丘地帯に昆虫採集にでかけ、村人にだまされて砂の穴の底の女の家に閉じ込められてしまう話だが、この小説にも、「終りし道の標べに」以来の〈逃亡〉の図式が浮きでている。いや、処女作以来の安部公房の〈逃亡〉の主題は、この「砂の女」の主人公が、妻子の待つ「故郷」への帰還（逃亡）を志しながら、ついには砂の穴の底の集落に新たな「故郷」を見いだしたことで円環を結ぶので、以後、「他人の顔」から「箱男」まで、安部の小説には都会の孤独な男の〈失踪〉の物語が展開されるようになる。

してみると、砂掻きの労働ときびしい掟の支配する原始共産制部落ともいうべき砂の穴の底の集落は、農村共同体とちがう未来の都市社会の暗示なのだろうか。『箱男』の閉じ込み附録で、安部公房は、

「ただぼくが非常に憎悪感を覚えるのは、都市的なものに対してそれを否定したり、また否定的発言に便乗しようとする人間なんだ。都市を否定できる人間というのは、どこかに自分の場所を持っている人間、旧い農村構造の中で安定していられる人間なんだ。都市が諸悪の根源であるという考え方があるけれど、本来、都市というのは人間に自由な参加の機会を約束していたはずの場所なんだよ」と語っている。砂の穴の底の女の家に閉じ込められた「男」が、最後に、女が子宮外妊娠して町の病院に入院することになって外に運び出されたとき、縄ばしごがそのままになっていて逃げだせたのに、そうしなかったのはなぜか。それは彼が、溜水装置を発見したことで、逃亡に失敗し、水を絶たれても痛痒を感じなくなった（罰がなければ、逃げるたのしみもない）からで、つまり、いつでも逃げだせるから逃げないだけのことなのだ。むしろ、彼は、溜水装置のことを部落の誰かに話したい欲望ではちきれそうになる。彼はきびしい掟の支配する集落のなかにあって、はじめて掟を越えた自由人なのかもしれない。

「他人の顔」も、液体空気の実験の失敗で顔全面にケロイド瘢痕を負った主人公が、〈仮面〉をつけることで他人との通路を回復しようとする物語だが、ここにも〈仮面〉をつけることで〈素面〉の支配から自由になろうとする作者の願望がある。「箱男」には、都会の片隅に打捨てられたダンボールの箱をかぶることで、〈見られる存在〉から〈見る存在〉に転化し（このダンボールの箱には巧妙な覗き窓の仕掛がある）、意識存在としての人間として限定された空間を超えて自由になろうとする作者の実験がある、といえよう。これはそのまま、「閉ざされた無限」としての都市の構図そのままではないか。安部公房は、さきに引用した『箱男』の閉じ込み附録の文章のつづきで、「農村構造というのは、そのもとへと人間の帰属を強制するわけだが、人間の歴史はその帰属をやわらげる方向に進んできた」といい、「帰属というものを本当に問いつめていったら、人間は自分に帰属する以外に場所がなくなるだろう。ぼくにとってそれが書くということのモティフだけれど、特に今度の書下ろし『箱男』では、それを極限まで追いつめてみたらどうなるかということを試みてみたわけだ」と明言している。たしかに「箱男」の意図は抜群に面白いが、けっしてそれが奇抜な着想や文明批評性といった副次的要素によるものであってはならないので、はなばなしい演劇活動のかげで演じられているにちがいない作家としての安部公房の苦闘とその成果をわたしは見守りたいと思う。

Ⅶ　中上健次〈父性〉の再生を索めて

一　中上文学の魅力

中上健次が亡くなったのは一九九二年（平成四）八月十二日で、彼が、おそらく戦後作家でもっとも意識していたに違いない三島由紀夫よりわずか一年を超えた四十六歳という若さでの急死だった。急死という表現は事実とかなり違うかも知れないが、六六年（昭和四一）暮れの「文芸首都」の忘年会に招かれて二十歳の彼と会って以来、身近な存在に感じていたわたしにとって、中上の死は、友人の画家・岡落葉が岩野泡鳴《ほうめい》の死を評した「恰《あたか》も杉の大木が風に捻じ切られたやう」な感じで今も尾を引いているからだ。

昨年（平成一〇）夏が中上健次の七回忌で、彼の故郷の和歌山県新宮市では、ゆかりの市民講座「熊野大学」が「しのぶ会」や特別セミナーを催したと聞くが、その直前の五月四日、「産経新聞」夕刊に脇地炯記者の「中上文学／静かなブーム」というかなり目立つ記事が載った。要約すると、二年まえ完結した集英社の『中上健次全集』全十五巻のうち五巻が重版になったほか、主な小説の文庫も年一、二回のペースで版を重ねており、現代作家では他に例を見ないロングセラーぶりだという。

純文学の衰退がいわれてすでに久しく、わたしなど敗戦直後の生まれで同じ「文芸首都」出身の中上健次と津島佑子で自然主義以来の日本の純文学は終焉したと思っているが、それにしても、必ずしも読みやすいといえない中上文学の愛読者がかくも多いのはなぜなのか。さきの「産経新聞」の記事にコメントを求められて、「現代は小説も現実もリアリティが希薄で、読者には生の充実感への渇望がある。そうした点で日本の文学伝統に根差した、生命主義的リアリティを持つ中上文学が支持されているのだろう」とわたしは言った。最近、若い友人の大井田義彰が「中上健次『鳳仙花《ほうせんか》』」（「文学と教育」平成一〇・一二）で、読後の「身体の奥深くから徐々に湧き上ってくる妙に心地のよい感覚」について触れていたが、これは母系の新聞小説「鳳仙花」（昭和五四・四・一五〜一〇・一六）についていえるだけでなく、父系の物語「岬」（「文学界」昭和五〇・一〇）「枯木灘」（「文芸」昭和五一・一〇〜五二・三）『地の果て至上の時』（新潮社、昭和五八刊）の主要作にも、日本人の生の根源に触れるある種の懐《なつ》かしさがある。

　今わたしの手許に芥川賞受賞作「岬」の載った「文芸春秋」（昭和五一・三）があるが、その「受賞のことば」の後半を、作者はこう結んでいる。

　　力を貸してくれたすべての人々に、感謝したい。死んだ人と生きている人の、激励の声を、ぼくは、いま、耳いっぱいに聴く。声に、はじらうことも、すくむことも、てらうこともなく、小説家として、しっかり、大地に立ちたい。そして一刻もはやく、あなたの、一等幼い子供が、この現世の大《たい》人《じん》たちから、小説家として認められましたよ、と、故保高徳蔵先生に、報告に行く。うれしい。（傍点大久保）

係累《けいるい》（文学仲間）のない作家志望者のために、新人育成を主眼として保高徳蔵が「文芸首都」を創刊したのは一九三三年（昭和八）一月で、終刊は六九年十二月である。保高徳蔵（明治二二〜昭和四六）は、青野季吉・直木三十五《さんじゅうご》・細田民樹・細田源吉らと早稲田が同期で、永い不遇時代をへて「泥濘《でいねい》」（昭和二）が「改造」懸賞小説に当選。ほかに、古風で自然主義風の題材を手堅く描いた作品をいくつか残した。わたしに強く印象されるのは、「枯木灘」が評判になっていたころ、尾崎一雄さんがその自然描写を絶賛していたのと、江藤淳が「毎日新聞」文芸時評で「『枯木灘』を通読して、私は、日本の自然主義文学は七十年目に遂にその理想を実現したのかもしれないという感想を抱かざるを得なかった」と書いていたことの意味である。

わたしはここで、日本自然主義の申し子ともいうべき中上健次が、自己に固有の主題をどのように神話化し、原「日本」の根源的主題として普遍化したか、その思想的意味を追尋しようと思う。もちろん、中上健次は素朴実在論的な自然主義作家であるわけがなく、彼ほど方法意識のすぐれた物語作家はざらにいないが、ここで問いたいのは、日本の近代思想史における中上文学の位相である。まずは彼の宿命の特権化であり、彼における原「日本」の故郷ともいうべき「路地」という場所《トポス》の発見から述べねばなるまい。

二　カオスとしての「路地」

中上健次の評論・エッセイは、彼の小説と拮抗するほど衝撃的で示唆に富んでいて、この作家の知的貪婪《どんらん》さをいかんなく示している。「物語の系譜・八人の作家」の総題で始められ未完に終わった「国文学」（昭和五四・二〜）連載の第一回「物語の系譜　佐藤春夫」は、「十九歳の地図」（「文芸」昭和四八・六）で都会に生きる孤独な青年を描いた中上が「岬」以後「路地」に執着し「路地」をゲットーとして物語を紡《つむ》ぎだすに至ったか、その戦略の手の内をはじめて明かした好エッセイだった。

中上はまず、「千九百十一年一月二十三日／大石誠之助は殺されたり。げに厳粛なる多数者の規約を／裏切る者は殺さるべきかな。……」で始まる佐藤春夫二十歳の詩「愚者の死」を冒頭に掲げ、この愚者の死によって象徴される大逆事件は、「われの郷里は紀州新宮。渠《かれ》の郷里もわれの町。」たる新宮や新宮出身の者には、はかりしれぬほど多くの影響を与えたという。さながらアメリカ南部の者における南北戦争の影響力と同じで、結論から先にいうと、春夫は、現存するこの国家と、いまひとつ紀州という国家の戦争を見、敗北を見、二十歳ですでに転向していた、と説く。熊野とは、神武東征以来、敗れた者、おとしめられた者、異形の者、死んだ者の視線でつくられた国家で、可視の状態になると定められた規約〈国家〉と抵触せざるをえない物語の渦巻く土地だという。解説すれば、春夫は、父・豊太郎と医師仲間の大石誠之助の刑死に衝撃を受け、紀州という闇の国家を見据えることをやめた、つまり、『破戒』の瀬川丑松のように、タブーとしての紀州について黙したということだ。

これは実にするどい指摘といっていいだろう。佐藤春夫に、谷川潤一郎・芥川龍之介と三人で語り合った『雨月物語』についての随想「あさましや漫筆」があるが、席上、潤一郎が『雨月』のなかでは「蛇性の婬」が第一だ、といったのに対し、こう書いている。

蛇性の婬に到つては力作である。その点は集中第一である。しかも余はどうも決してあれを十分に買ふことが出来ない。あの話のなかには、「くるしくもふりくる雨か三輪が崎」新宮あたりのことが描かれ、怪しい美女は蛇だからもとよりどこの産とも知れないが、主人公豊雄は、即ち余が故郷の人間である。そんな点で、余は当然この作に親しみを感ずるが本当であり、また実際、余があの本を最初に読んだ中学生時代から、名著のなかに吾が故郷が現はれることを誇らしいやうに感じ、さては真名児といふ蛇の美女が住んでゐさうなのは、この町では一たいあの辺だらうなどとつまらない事を考へたりした程にまで充分な親しみをあの作に抱いてゐながら、それでもなほ、そのころから作としてはあれがいやだつた。潤一郎が傑作だといふのを異とする程にいやだつた。その理由として私は簡単に言つた――「あの作は持つてまはつてゐる。一本調子なくせにくどい。それにいやらしい。」龍之介がそばから、

「いや、小説といふものは本来くどくつていやらしいものだよ。――それが好きでなけや小説家にはなれないのさ。蛇性の婬は僕もいいと思ふね。」

中上健次が闇の国家としての紀州に原「日本」を見、その共同体の特性が最後に集約した形で残っていた「路地」や「新地」を好んで描いたのは、そこに物語が渦巻いているからである。これはまさしく

起句と結句の循環する「菊花の約」の簡潔美を好んだ佐藤春夫と逆で、「望郷五月歌」の詩人佐藤春夫の存在が、中上健次を土着の紀州の闇の凝視に向かわせたのだろう。

図式的にいうと、現象としての日本という国家の下層に、それと対峙するかたちで異形の者の渦巻く闇の国家紀州があり、それと同心円的に重なるかたちで、現実の新宮という町とすでに消滅した物語の渦巻くトポスとしての「路地」がある。この「路地」と呼ばれる「牛の皮はぎやら下駄なおしやら籠編みらが入り混じっている」地域の六人の若者たちの悲劇を、悪漢小説仕立てで描いたのが連作小説集『千年の愉楽』（河出書房新社、昭和五七刊）で、これは一種の貴種流離譚《たん》といえる。ここに登場する若者たちはいずれも非業の死を遂げるが、路地の中でも一、二を争うほどの男振りの「半蔵の鳥」の半蔵にしても、「姓は中本、オリュウノオバの夫の礼如さんの一統にも当り、西村へ養子に行った勝一郎や弦とはイトコ同士」で、「岬」「枯木灘」以来の馴染みの人物とつながっている。この六つの物語を、あたかも巫女《みこ》のごとく取り仕切っているのが「オリュウノオバ」と呼ばれる路地でただひとりの産婆で、このオリュウノオバの設定によって現在と過去・未来を重ね合わせ、このきわめて土着的な素材を一種の神話世界にまで昇華させている。

ここにはすでに晩年の未完の大作『異族』（講談社、平成五刊）の予兆もうかがえるので、「天人五衰」の主人公オリエントの康はかつての大陸の流れ者で、復員後も、路地の高貴な汚れた血の本能の命ずるまま、新天地をつくる、もう一つの満洲国をつくると妄想し、最後は決然として一人ブラジルに渡り、行方不明になる。これと呼応するのが最終章の「カンナカムイの翼」で、ここでは、熊野の山々の迫る紀州最南端の路地と、北海道に点在する人間（アイヌ）の路地（コタン）が同盟するのだ。

「理由なく襲いかかってくる者ら、いつでもしたり顔で近寄ってくる者らをやっつけるために弓矢を用意し、鉄砲を用意し、爆裂弾を用意して、戦争をするだろう」と、主人公の達男に代わってオリュウノオバは考える。その裏側に、大逆事件新宮グループの怨念が渦巻いているのは勿論で、もしかすると〈千年の愉楽〉とは、敗れたものの、敗れたゆえの〈不幸〉の純潔が織り成す夢かも知れない。

三　日本自然主義の主題

しかし、何といっても中上文学最大の主題は〈父性〉の対立・葛藤ということだろう。中上健次は小島信夫との対談「血と風土の根源を照らす」（「波」昭和五八・四）で、『地の果て至上の時』を書くまで、「岬」「枯木灘」以来の一貫した主人公秋幸について、やはりフサの子であって、母系の血が勝っていると感じていた、といっている。事実、自己の血縁という素材に初めて踏み込んだ「岬」においては、のちに悪逆無道の「蝿の王」として神話化される実父は、他の登場人物同様、特別にデフォルメされることなく、こう描かれている。

土方請負師でもないのに、乗馬ズボンをはき、サングラスをかけたあの男が、彼の男親だった。獅子鼻で、体だけがやたら大きくみえるあの男。……あの男とは、町なかで、たまに出会った。話しかけてきた。一言、二言、話を交わした。それ以上、話さなかった。彼は、体つき、顔の造りが自分と似ていると思った。そう思い、それを認めるたびに、一体そんな事がなんだ、と彼は思った。あの男に関する噂は、知っていた。新地に若い女を囲っている。いや、この姉（美恵―大久保注）は、それは確かに彼の腹違いの妹にあたる女だと言った。あの男が、相前後して三人の女に産ませた子供のうち、女郎の腹にできた娘らしかった。それが成長して新地にやってきた。このところ、男はとみに裕福になった。山林地主から山をまきあげた、土地をまきあげた、と噂が、耳に入った。「ひどい人間もおるもんやねえ」と誰かが言ったのを、彼はいつでも、あの男を想い浮かべるたびに思い出す。

さきの小島信夫との対談で、三番目に男の子が生まれたとき、男の子を持った父親として父子の問題に決着をつけねばと思い立ったというが、いわばこれは藤村の『破戒』以来の「私」を軸とした日本の近代小説のメーン・テーマで、しかも肝腎なところで根源的な追求を誰もが避けてきた難問《アポリア》だった。中上健次の独創は、いわば路傍の人といって済ませる「あの男」を、自己の分身の秋幸に圧倒的にのしかかる巨大な父性像として再現し、父子という血縁の根源を照らしだした点で、ここで中上は日本自然主義の定型を確実に超えたといえよう。

島崎藤村の『破戒』の潜在的なモティフに〈父殺し〉の主題があることは、つとに言われている。被差別部落出身の瀬川丑松《うしまつ》が、「隠せ」という父の戒めから自由になるためには、父の不在が必要なので、そうした丑松の潜在的願望を実現してくれたのが「丑松」と暗合関係にある種牛であり、丑松は手を汚さない。この種牛が屠殺される現場に丑松は立ち会うが、屠殺したのは丑松とおなじ部落の若者なのだ。が、彼らは丑松と違う〈目覚めたものの悲しみ〉を持たぬ「殊に卑賤《いや》しい手合」「下層の新平民」で、「父親殺し的な暗い情念の処罰」（亀井秀雄『感性の変革』）を彼らに押しつけることで丑松は純化され、やがて〈自由の天地テキサス〉へ旅立つことになる。

藤村が『破戒』で描きたかったのは、丑松とその父のかかわりを通して、のちの「夜明け前」(「中央公論」昭和四・四〜一〇・一〇)の青山半蔵として大写しにされる父正樹《まさき》と自己との血のつながりを究めることだった。そして、父子の対立・葛藤の究極が〈父殺し〉であることが、ここでも隠喩的に表現されている。〈父に対する子の反抗〉という日本自然主義のメーン・テーマを受け継いだのが志賀直哉なので、出発(「白樺」創刊、明治四三・四)以来、父との確執を主題とした直哉は一九一七年(大正六)十月、「黒潮」に発表した「和解」によって文字どおり父との対立・葛藤を終息させる。この場合、主人公の「自分」(作者自身)が父との感動的な和解の直前、「父が其青年を殺すか、其青年が父を殺すか、何方かを書かうと思」い、「所が不意に自分には其争闘の絶頂へ来て、急に二人が抱き合つて烈しく泣き出す場面が浮かんで来」る。幸運な芸術家の志賀直哉における父との確執は、事実、その予覚どおり終焉するが、ここで、〈父性〉の主題を喪失した彼は、母性原理を軸に、四年後、「暗夜行路」の大作に挑むことになる。これについては、「安岡章太郎における母子関係の主題」(「解釈と鑑賞」昭和四七・二)なる拙論ですでに触れたが、父の外遊時(父不在のとき)、母と祖父のあいだに生まれた不義の子という運命の設定、その不義の子が妻を迎えて今度は妻の不倫という過失の重荷を負う枠組みは、幼くして亡くなった生母・銀との情緒的つながりを核として成立していることを物語っていよう。

四　〈路地〉の消滅

中上健次の場合、父性との対立・葛藤は事実としてより想像力にかかわる領域の問題といってよく、自然主義以来の父子対立劇を主題に据え、それを神話化して描き切ることで日本自然主義を超えたのである。「枯木灘」には、南紀の自然、とりわけ土《つち》と一体化して労働する竹原組の現場監督竹原秋幸の男性的な凛々《りり》しさが、生命感あふれる力強さで描かれているが、ここでは、まさしく日本的家族共同体の係累の複雑きわまる入り組んだ関係に注目しておきたい。単行書『枯木灘』添付の小冊子「『枯木灘』文芸時評集」の末尾に「登場人物図」というのがあるが、わたしなどこれらにさらにヨシ兄とその三男鉄男、ヨシ兄の子を孕《はら》んだスエコ、モンと若いやくざの彼氏のトシオなどの新たな関係図を作りながら『地の果て至上の時』まで読み進めたのを覚えている。

「枯木灘」では、秋幸ひとりを連れ、母の前夫（西村勝一郎）の子四人を捨てて義父（竹原繁蔵）と所帯を持ったフサと、浜村龍造の子秋幸を泥酔して殺してやると喚き、二十四で首を縊って死んだ郁男と秋幸との関係が、〈殺意〉を軸に秋幸と腹違いの弟秀雄とのそれに対置される。圧巻は、石で打ちかかった龍造の妻ヨシエの子の秀雄を、逆に秋幸が殴り殺す場面で、作者はこの事件にコメントして次のように言う。

その男（浜村龍造―大久保注）の子供を、その男の別の腹の息子が殺した。その男の遠つ祖、浜村孫一の血の者が、浜村孫一の血の者を殺した。すべてはその男の性器から出た凶いだった。いや、山を這うように跛を引きながら、光の方へ、海の方へと流れ落ちてきた架空の、熱病の浜村孫一の性器が、何百年も経った今、血が血を打ち殺す凶事をつくった。(傍点大久保)

傍点箇所でいえば、秋幸には龍造とその愛人キノエの娘―つまり、腹違いの妹で「新地」の女さと子と事情を知らずに寝たという秘密があって、後になってもさと子は、「兄ちゃん、きょうだい心中でもしよか」という。この一篇には、〈きょうだい心中〉の盆踊り唄が基調低音のごとく流れているが、秋幸の暴発をうながしたものに、さと子との暗鬱な情念の罪への自己処罰が隠されているかも知れない。

秋幸は、竹原繁蔵の連れ子で義兄の竹原組社長文昭につきそわれ警察署に自首した。龍造は秀雄が殺されたことに愚痴ひとつ言わず、日ごろ龍造に反感しか持っていなかった繁蔵は、噂と違う龍造の態度を見直したといい、「あの男も大したもんじゃ」とフサに洩らした。

「秋幸は秀雄を殺し、長くて十年、いや秀雄が石を持って背後から殴りかかった事を考えて六年、短かくて三年、刑務所暮らしをするはずだった。人殺しとして、六年の刑を受け、三十二になった秋幸は買いだ、と男(龍造―大久保注)は思った」と「枯木灘」末尾にある。『地の果て至上の時』はあたかもそれを受けるかのように、満二十九歳になり六尺はゆうに越す男竹原秋幸が、三年間、大阪刑務所に服役して出所し、今度は「木馬《きんま》引きからライオンズクラブの会員に成り上り、蝿の王と呼ばれる」実父浜村龍造の後を追うように山仕事に精を出す。

これには、秋幸が三年間、模範的な囚人として刑務所で過ごしている間に、「路地」だけでなく土地の人間が路地の者を呼ぶときに使う地名の長山そのものまで消えてしまったという事情も絡んでいよう。さきの小島信夫との対談で作者じしんが説明しているとおり、この物語はじつに工夫された小説で、龍造と秋幸の殺意を主題としているが、「殆どの場合、第三者を配して、視線の複合《ポリフォニー》というか、見ること自体がもう一つのドラマをはらまざるを得ないみたいな装置」になっている。手っ取り早くいえば、〈噂〉の交錯で成り立っていて、正確には要約しきれないが、ヨシ兄と龍造が火をつけて路地を更地にし、大逆事件の首謀者の医者の弟で「土地の人脈を陰であやつる」山林地主の佐倉に売りつけたらしい。この路地を消したのは、土方の親方の繁蔵や秋幸の姉美恵の夫の実弘で、彼らは今は開発会社の役員になり、路地に生まれ育った病弱な女の美恵も、路地が消えた今は、土地の改造気運に乗った土建屋夫人として新築した家に移り、ソファに腰を下ろしている。路地の男として路地に生きようとした秋幸には、路地を地上から消しゴムで消すように消した身内の誰もが納得できず、路地が消えたのなら血のつながりも消えるべきだとして、「畳職人をして暮らしたジジの小屋をなるたけ元の形が残るようにと孫の浜村龍造が補強修理した有馬の小屋」にひとり住み、山林のコツを覚えるために、ヨシ兄の子鉄男や若い衆を連れて現場を転々とする。

ところで龍造と秋幸の関係だが、龍造は、今は高台の家に住み、考えを邪魔されたくないと称して応接間につづく部屋を防音装置にし、浜村木材の長として弟殺しの秋幸を何一つ不平を言わずしかるべく遇してきた。しかし、実のところはヨシ兄の言うように秋幸を凶々しいと思い、なるたけ遠ざけたい。一方、自分が築きあげた物を横取りし殺意さえ抱いていると内心では思い、秋幸をナキモノにしたい。龍造には、秋幸は路地を消滅させた龍造について、自分が果たしたいのは殺すことだ、と幾度か思う。龍造には、弟秀雄を殺した秋幸がどうしても許せなかったはずだ。

しかし、終局は予想外のかたちで訪れる。この場合も、警官から拳銃を奪った暴走族の頭の鉄男のその父ヨシ兄への殺意と、秋幸の龍造へのそれとはパラレルといっていい。鉄男はシャブの代金欲しさに龍造を脅し、路地跡で寝起きしているが、〈茨の龍造〉と二十年も三十年も朋輩というヨシ兄にその非道をなじられたことで「裏切者」と叫び、ヨシ兄に二発射つ。秋幸は鉄男から拳銃を奪い、居合わせた「新地」の女モンに渡すが、そのとき秋幸は自分を拒絶してきた黒いかたまりの龍造に対して、今なら躊躇なくひき金が引けたと思う。

浜村龍造が、秀雄の部屋を改造し防音装置を施した彼の書斎で、秋幸を待っていたかのように首を縊るのはその直後であって、龍造・ヨシエの長男友一は、秋幸が現場から去るのを目撃し秋幸が自殺に見せかけて殺したと一瞬思ったが、検視官にも警察にも言わなかった。検視の結果、自殺と断定され、友一は、親爺は狂っていたのだという。秋幸には、親に死なれたという悲しみはなく、龍造の通夜にも葬式にも出なかった。龍造が秋幸の前で命を断ったのは、あるいは秋幸への永遠の拒絶を示したのかも知れない。

五　〈父性〉の再生を索めて

「路地」の物語の終焉を告げる『地の果て至上の時』出版の翌年（昭和五九＝一九八四）から書き出され八年余の歳月をかけて未完に終わった中上健次の遺作『異族』は、千五百枚を超える大作で、三島由紀夫の最終作『豊饒の海』と対比して考えてみずにはいられない問題作である。

おおざっぱにあらすじを記すと、左胸の心臓の下部に同じ青アザを持つ三人の若者――「路地」（被差別部落）出身のタツヤ、在日韓国人二世のシム、アイヌモシリのウタリが義兄弟のサカズキを交わす。彼らは右翼の巣窟のような空手道場の師範格で、その背後にいる右翼の大物槙野原によって青アザは満洲国の地図だと意味づけられ、「八紘一宇」あるいは「日」「鮮」「満」「漢」「蒙」の「五族協和」の証《あかし》ともいう父親代理の槙野原の妄想の下に物語は展開する。

この物語の構造を端的にいえば、「路地」物語の〈反復〉とそこからの〈移動〉のメカニズムで、中心にいるのは「路地」の〈暴力〉と〈性〉を空手という型に禁欲して生きる天皇主義者のタツヤだが、物語の主人公としてはあたかも三島由紀夫の「天人五衰」（『豊饒の海』最終巻）の安永透のように精彩に欠ける。事実、里見の八犬士になぞらえたダバオでの八人目の青アザの老女の登場によって槙野原の贋物性が白日の下にさらされるのと同時に、タツヤの右翼信仰も空無化されるのだ。

〈反復〉という点では、〈血縁〉を否定して生きるタツヤと対蹠的に、「路地」の記憶を体現して生きそして自殺するタツヤの兄貴分の夏羽には存在感がある。

物語の途中、槙野原に心酔するシムが教条主義者のミス・パクを殺し、夏羽らとフジナミの市の「路地」に潜伏する場面があるが、夏芙蓉の花が咲き金色の小鳥の群らがり飛ぶここでの「路地」の描写はすばらしい。中上にとって、「路地」というトポスは失われた哀惜の楽園だった。

問題は、『地の果て至上の時』同様、『異族』でも、〝父親殺し〟が未遂に終わったことである。

覚えていますか？　私が三つの時、あなたは刑務所から出所して来ましたね。母から聞きました。駅から降りてまっすぐ春日の路地の家へ、私を見に来ました。生れた私を見るのはその時初めてでしたね。離別すると決まってから、母に、その時、自分が生ませた男の子である私をくれ、と言って手きびしくはねつけられ、遊んでいる私のそばに来て、一緒に行こうと言いましたね。私は、「養《や》しのてくれもせんのに、父やんと違う」と言ったらしい。覚えていません。母親は後日、「わしが教えたみたいに言うて」と、その事を言いましたが、離れて暮らして私を苦しめたのはこのことでした。その三歳の自分の言葉が、今のこの熱病の元にある気がする（「祖母の芋」昭和五三・一）。

高澤秀次（『評伝　中上健次』）では、『地の果て至上の時』は「枯木灘」を書き終えた作家が、実父鈴木留造と正式に親子の対面をした後に取りかかった作品で、この大作のスリリングな停滞感の一因はそこにある、と伝記的解釈がなされている。が、中上健次の偉大さは、本来なら傍流（彼は父系ではなく母系）の、個人的な父性の主題を普遍化（神話化）し、きわめて形而上的《メタ・フィジイック》なそれとして提出したことにある。戦後の民主化による〈父性〉消滅の時代に、〈父性〉の再生を索めて物語を構築した中上健次の反戦後的姿勢を高く評価したい。

附　近代リアリズムの展開と変質

野間宏の「暗い絵」は「黄蜂」という雑誌の一号から三号に亘って（一九四六・三〜一〇）連載された。ぼくはこの作品に初めて接したときの新鮮な驚きをいまもなお忘れることができない。太平洋戦争勃発まぢかい頃の、左翼学生たちの群像を描き、ブリューゲルの絵を象徴に用いて効果をおさめたこの野心作はおそらく作者にとっても、その後の佳作「顔の中の赤い月」や、いまなおかきつゞけられている野心作「青年の環」などとはちがった感慨がこめられていることだと思う。プロレタリア小説でもなく、同伴者的傾向文学でもなく、もちろんハイカラ小説でもないこの意欲的な試みは、昭和二十一年、敗戦の翌年という混乱の季節にふさわしい風丰を帯びていた。新しい器にもられた新しい酒なのであった。晦渋といい、新鮮といい、評者によって見方は異っていたにしても、思想を肉体の核心に据えようとするいわば主体的な生き方は共感を以て迎えられたもののようである。（傍点大久保）

以上は荒正人の「戦後の文学」（改造社版『昭和文学十二講』所収）のなかの文章だが、ここにはまさしく戦後派文学の第一声となった「暗い絵」についての衝撃的ともいえる読後感が、現場の証人の実感でなまなましく語られている。傍点箇所は作中では「支那事変の勃発の前後にわたる彼等の青年の時代」とあり、端的にいえば「暗い絵」は一九三〇年代の左翼学生の青春を描いたものだ。が、これを、八〇年代の青春を描いた島田雅彦の「優しいサヨクのための嬉遊曲」(「海燕」昭五八・六)と較べるとき、むしろ日本自然主義の第一声となった島崎藤村の『破戒』(一九〇六年=明治三九)とリアリズムの質においてどれほども距たっていない、と思うのはわたしだけだろうか。

簡単にいえば、戦前から戦後にいたる断絶より、八〇年代以後のリアリズムの変質のほうが根が深いということで、七六、七年ごろを堺にした社会構造の変質が、明治維新の根源的改革に匹敵するのとまさしく比例して、小説文体においても根源的変化が現われているのである。この事実を過小評価してはならない。この点について注目すべきなのは、「文学界」一九八七年(昭和六十二年)二月号の座談会「芥川賞委員はこう考える」で、その冒頭の部分に、「『純文学の不振』という言葉は、いまや手軽にいわれて固定観念のようになってしまったが、同時に近頃では『日本文学の流れの断絶』ということが人びとの口の端にのぼるようになった」とある。

座談会はまず、芥川賞の候補になるような新人作家たちの文章力の低下、日本語の語学力の「ガタ落ち」に対する指摘から、国語教育への批判となり、さらに文壇に徒弟制度が失くなったこと。しかし、徒弟制度は失くなっても、これまでの作家は先輩の作品は読んでいた。「ぼくは、佐藤さんの弟子になったわけじゃないんですよね。だけど、やっぱり、『都会の憂鬱』とか『田園の憂鬱』読んでて、遥かに上の力の人がここにいるっていうことは感じてたね」(吉行淳之介)というふうに展開してゆく。

すでに冒頭の「純文学の死」の項で触れているが、同じころ、わたしの主宰する「文学と教育」第十四集（昭和六二・一二）に、森川達也が「現代文学の終焉」というエッセイを送ってきて、二十年ほど前、「審美」という小雑誌を通して展開した自身の文学運動を例に、「書き手の側も、読み手の側も、これまでの文学全体の在りように対して、全く無関心」な若い世代への絶望を語っていた。森川氏によれば、氏らが「近代リアリズムから現代反リアリズムへ」と主張したとき、それはたんに新しい文学としての反リアリズムを待望する、というふうなものでなく、あくまでも、近代日本文学の主流となって展開されてきた「近代リアリズム」を媒介としながら、それを否定して新しい「現代反リアリズム」を確立すること、言い換えれば、この運動はあくまでも「否定的媒介」を本旨とすることを意図したものだったという。しかるに、これまで氏らが自他ともに当然のこととして受容してきた、文学創造の根本方法となるべき「否定的媒介」の思想は、今日、新しい文学世代の全体からほとんどまったく見失われようとしていて、こうした事態の現出が不可避であることの理由は、たぶん、昭和二十年にわれわれが迎えねばならなかった「敗戦」という事実に、遠くかつ深く由来するものであろう、と言っている。

森川氏が若い世代の作家というとき、誰を指しているのかよく判らないが、自然主義以来の文学伝統と切れている点で、上記島田雅彦のほか、「電話男」（「海燕」昭和五九・一一）の小林恭二や「キッチン」（「同」昭和六二・一一）の吉本ばななwhile最適だと思う。そしてその周辺に、『文学部唯野教授』（岩波書店、平成二刊）の筒井康隆、『ノルウェイの森』（上下二巻、講談社、昭和六二刊）の村上春樹、『優雅で感傷的な日本野球』（河出書房新社、昭和六三刊）の高橋源一郎らの新都会派作家がいるのだが、彼らに共通するのは、生活感の稀薄さと風俗小説的傾斜で、「自我」不在、といって悪ければ凹型の自我構造が、風俗を取り込むか、無類の饒舌を生むかしているのだ、と思う。そして、その遠因が敗戦にあるといわれれば、否定するわけに行かないが、実態は、産業社会としての工業化社会から消費社会としての情報化社会への社会構造の変質の問題とつよくかかわっている。わたしはここで、日本の近代リアリズムが、土台としての社会構造とどのようにかかわり、今日に至ったか、現代文学の変質の問題を核に据えて考察しようと思う。

敗戦直後に書かれた「暗い絵」と三十七年後の「優しいサヨクのための嬉遊曲」の根本的な違いは、主人公を取り巻く状況にあるといっていい。「暗い絵」冒頭のブリューゲルの絵の苦渋に満ちた描写が象徴するように、前者の主人公深見進介は金銭のしがらみのなかで喘いでいる。物語の発端は、大阪府庁の小官吏の父がその朝手紙を寄越し、この月は母親が病気のため思わぬ費用がいり、節約第一にして欲しい、読書費は今月はなしにすませて欲しいといい、最後に、いつものことだが、思想問題に注意して日ごろの賢明をもっていたずらに徒党に与《くみ》せぬ方針を堅持されたし、と結んであったのに腹を立てる場面から始まっている。しかし、そうした怒りの中から金銭の圧力が彼の身をしめつけてくるのを感じ、そしてそこに、金に圧《お》し潰された父の顔を見いだす。夕暮れになって、永杉英作のアパートに足を向けた深見進介は、途中、食堂に立寄り、高利貸もしている親父と食費を半分だけにしてくれるよう交渉するが断られ、同じように哀れな汚れた存在としか写《うつ》らない合法主義者の小泉清一派と乱暴な言葉のやりとりをする。

圧巻は永杉英作ら急進派学生との魂の交流を描いた後半で、「プロレタリア革命への転化の傾向を持つブルジョア民主主義革命」の到来が二年以内に来ると考え、すべての力をその準備に充《あ》てねばならないとする永杉らの行き方を「しかたのない正しさ」として受け止めながらも、もう一度自分自身の底からくぐり出ることで真直ぐに立て直そうとする深見進介の決意が描かれている。この主人公の倫理的姿勢に較べて、「優しいサヨクのための嬉遊曲」の千鳥姫彦には、ストイシズムのかけらもないといっていい。

まず千鳥の環境だが、彼はベッドタウンのマンションにあっては幽閉者で、看守も訪問者もなく、誰も彼の部屋をのぞかなかった、と書かれている。作者は意識して千鳥を「カプセルの中の桃太郎」に仕立てているわけだが、ここに情報化社会の若者の位相が寓話的に語られていよう。彼はベッド村のマンションから、稼ぎ人たちが仕事に出掛けるように通いでサヨク運動をしているが、その運動というのはソ連の反体制運動を研究するサークル活動で、代表者の外池に言わせれば規則も強制もなく、ゆるい結びつきでいいんだという。

しかし、千鳥にとっては、そういう「変化屋の仕事」よりも、オーケストラ団員の逢瀬みどりという女の子を計画的にものにするほうが重要な「仕事」なので、「家庭的なサヨク活動家」の彼は、「聖母みどりを略奪することを社会変革と見なし」、その最終目標を「お婿《むこ》さん」になることにおく。彼は無理という男のように無理をしないで、サークルを離脱し、オーケストラに入団、バージニヤ（みどり）と毎日会える楽しみを選ぶ。

こうした千鳥の生き方と対蹠的なのが、外池が大学を卒業したあとサークルの代表になった無理で、彼は「故郷を捨て」「過去と親を捨てることに〈かっこよさ〉を覚え」ている男である。無一文になった彼は、ホストクラブの求人に応募し、ホモの相手をすることで大金をかせぎ、それをサヨク市民運動の資金につぎ込む。磯田光一（『左翼がサヨクになるとき』）は、「無理こそが、この小説のなかに導入されているただひとつのストイシズムの軸」といったが、こうした無理の姿勢の裏側にあるのは作者の抑制なので、島田氏は意識して「日本文学の流れ」と切れた所で虚構の物語を織っているのだ。

わたしの実感では、「暗い絵」は、「優しいサヨクのための嬉遊曲」よりむしろ藤村の『破戒』により近い。「優しいサヨク……」には具体的な父の像はかけらもなく、しいて言えば、千鳥の「恋敵」としてのみどりの父親として現われるぐらいだが、「暗い絵」と『破戒』が共有するのは、〈父に対する子の反抗〉の図式といっていい。

「暗い絵」の深見進介にとって、大阪府庁に勤める小官吏の父親は、自分をとり巻く「金銭の圧力」の象徴だが、『破戒』の瀬川丑松にとって、烏帽子ヶ嶽の麓で一牧夫として隠者のような寂しい生涯を送っている父親は、穢多という身の素性を隠すよう教えた人である。そして、いま一つ共通するのは、身分制の呪縛に苦悩する丑松に差別と闘う猪子蓮太郎がいたように、金銭にがんじがらめの深見進介にも、党の要請に生きる永杉英作らがいたことだ。また、瀬川丑松が「隠せ」という第一の父の戒めを守らず、第二の父ともいえる猪子蓮太郎の差別と闘う道も選ばず、身分差別のない自由の天地テキサスへ脱出するという第三の道を選んだのと同様に、深見進介も、父の希望でもなければ党の要請でもない、自己の主体に則した〈エゴイズムを通してヒューマニズムへ〉という独自の路線を打ち出すのだ。

亀井秀雄（『感性の変革』）は丑松と種牛とに暗号関係を見て、作品の深層構造の面からみれば、破戒＝父親殺しの衝迫を種牛が代行したことになるという。処罰（屠殺）の場に引き出されてもなお悠然と「傍で観て居る人々を睥睨《へいげい》するかのやう」な種牛とは、一面では丑松が抱いている父親のイメージの隠喩化であって、この種牛において父と子は一体化したことになる。その上で作者は、この種牛を父と子がそこから離脱しようとした人たちに殺させる。父殺し的な暗い情念の処罰を、「殊に卑賤《いや》しい手合」「下層の新平民」に押しつけることで、丑松の人生希求は人間的に純化された形に保たれてゆく。これが『破戒』の深層構造だと亀井氏はいう。

〈父に対する子の反抗〉の図式の究極が〈父殺し〉であるのは言うまでもないが、出発以来〈父と子〉の確執をメーンテーマとした志賀直哉は、「和解」（「黒潮」大正六・一〇）で、主人公の「自分」が「父が其青年を殺すか、其青年が父を殺すか、何方かを書かうと思つた」という。ところが、不意に「其争闘の絶頂へ来て、急に二人が抱き合つて烈しく泣き出す場面が浮んで来」て、「自分」は思わず涙ぐむ。そして、未完に終わった「此長篇のカタストローフで自分に作意なく自然に浮んだ其場面は父との関係で何時か起り得ない事ではないといふ気がしてゐた」が、事実、新しい赤児の誕生を契機に〈父と子〉は感動的な「和解」をする。

安岡章太郎（『志賀直哉私論』）は、「志賀氏は父君との長年にわたった不和を解消したことによつて、

『時任謙作』を書く目標を見失ひ、その主題をヨリ個人的、情緒的な『暗夜行路』に転換させることになつた」という。たしかに、「暗夜行路」（「改造」大正一〇・一〜昭和一二・四）においては、父の姿はまったく後景にしりぞき、むしろ十三歳のとき亡くなった母親銀（お栄がそのモデル）との情緒的なつながりが全面に押し出される。父への抵抗感を足がかりにエゴを確認しリアリティを創ってきた直哉が、父との不和を解消したことで本来の主題を見失い、亡くなった母との情緒的なつながりを軸に「暗夜行路」を書いたという安岡の読みは、第三の新人の文学のリアリティを考えるうえで重要な示唆を与える。しかし、ここではいま少し踏みとどまって、自然主義以後の日本文学のリアリティの在処《ありか》を考えてみたい。

　わたしの考えでは、日本自然主義の画期的な意味は、半封建的な社会構造のなかで圧殺されるエゴを救出した点にあろう。というより、自然主義以後の作家は（おそらく戦後派文学にいたるまで）、半封建的な外圧とのたたかいの場でエゴを軸にリアリティを確認してきたといえるので、これは「エゴ」（私）が「党」（公）と重なったプロレタリア文学にもそのまま言えることだろう。「父」とは、家父長制の父であるとともに、天皇制のヒエラルキーそのものであり、天皇制の打倒とはまさしく〈父殺し〉の主題の極限的な顕現だった。

　戦前の大方の作家に志賀直哉が圧倒的な理想像として映じたのは、天衣無縫ともいえるその強烈な個性にあった、と断じて差支えあるまい。芥川龍之介が脱帽し、小林秀雄がオマージュを贈ったのもまさしくその故だが、太宰治の反撥も、逆に彼における志賀直哉の存在の大きさを浮彫りにしている。

一九三〇年十一月の鎌倉小動崎海岸での心中未遂事件の遠因に、「分家除籍」のショックが介在していたのをみても判るように、太宰治にとって津軽の生家は、生きるうえでの支柱だったといっていい。〈新風土記叢書〉の一編として書かれた戦時下の名作『津軽』(小山書店、昭和一九刊)の登場人物のほとんどが、何らかの意味で「私の家に仕へ」た人であるのも象徴的で、最後がかつての子守女の小泊のたけとの一体感の披瀝に終わるこの物語は、太宰の精神構造そのものを生き写しにしている。この奴婢系を軸とした物語の構造が、そのまま天皇制のヒエラルキーと重なるのは見やすい道理で、太宰の戦時下の安定がこうした彼の心性に支えられていたのは言うまでもない。

太宰の戦後の頽落は、まさしく農地改革による生家の没落にあって、彼は根所《ねどころ》としての生家を失ったことで支柱除去の状態となり、根なし草《デラシネ》の都市浮遊民として死んだのだ。信頼していた継母に裏切られ、「落ちるところまで、落ち」ることを決意した「冬の花火」(「展望」昭和二一・六)のヒロイン数枝のように。

敗戦によって失墜したのは父の権威で、占領軍の民主化政策によって天皇制のヒエラルキーは崩壊し、同時に、家父長制自体も形骸化するにいたる。しかし、「暗い絵」にいみじくも描かれたように、戦後の新文学の担い手であった第一次戦後派もそれをバックアップした「近代文学」派の批評家たちも、一九三〇年代の青春を文学的故郷とすることで父の残像をひきずっていて、彼らもまた父性原理を軸にリアリティを確認していたといえる。

その点で画期的なのが、日米講和条約締結以後に登場した第三の新人で、彼らは戦後派文学が極限状況における人間の普遍人類的主題を好んで描いたのと対蹠的に、母性原理を軸に日常性の微細な襞《ひだ》を捉えたのだ。さきに触れた安岡の『志賀直哉私論』（文芸春秋社、昭和四三刊）は、いわば裏返しにされた志賀直哉像で、「暗夜行路」のみに焦点をしぼったこの論のおもしろさは、父（旧時代）にたいする子（新時代）の反抗の裏側に、むしろ子の、近代化・都市化（父）にたいする違和感・嫌悪感を認め、その底にある一種incestuousな個人的、情緒的な感情を救出している点にあろう。つまり、安岡は、志賀文学に父に対する子の反抗の図式でなく、彼の母子関係の主題に通ずる根源的な日本人の肉感的世界を見いだしたのだ。

このことの文学史的意味は重要である。昭和初頭のプロレタリア解放運動の昂揚期、小林秀雄が「志賀直哉氏の問題は、言はば一種のウルトラ・エゴイストの問題」（「志賀直哉」）と明快に断じ、その延長線上に井上良雄が、近代プロレタリアートと結びつけて、「志賀氏の最高度の個人主義は、社会主義とどの様な抵触をも示さない」とまで揚言したまさに父性原理の象徴としての志賀直哉から、母性原理を軸に、日本人に根源的な肉感的世界を救出しえたのはなぜか。蟹は甲羅に似せて穴を掘るというが、おそらくこれには時代的要請もかかわっていて、また、秀作「海辺の光景」（「群像」昭和三四・一一～一二）や「幕が下りてから」（「同」昭和四二・三）の成功も与かっているに違いない。

簡単にいえば、安岡氏は、志賀直哉から谷崎潤一郎の系を掘り出したのである。それをなさしめたのは一九六〇年代という高度成長期の文学的状況であった、ともいえる。「鍵」（「中央公論」昭和三一・

一、五〜一二）「夢の浮橋」（「同」昭和三四・一〇）「瘋癲老人日記」（「同」昭和三六・二〜三七・五）の谷崎潤一郎、「眠れる美女」（「新潮」昭和三五・一〜三六・一一）「片腕」（「同」昭和三八・八〜三九・一）の川端康成、「杏っ子」（「東京新聞」昭和三二・一一・一九〜三三・八・一八）「蜜のあはれ」（「新潮」昭和三四・一〜四）、「われはうたへどやぶれかぶれ」（「同」昭和三七・二）の室生犀星らの老人文学にはじまり、上記の安岡章太郎、「静物」（「群像」昭和三五・六）「夕べの雲」（「日本経済新聞」昭和三九・九・六〜四〇・一・一九）の庄野潤三、「砂の上の植物群」（「文学界」昭和三八・一〜一二）の吉行淳之介、「抱擁家族」（「群像」昭和四〇・七）の小島信夫、『沈黙』（新潮社、昭和四一刊）の遠藤周作、「箱庭」（「文学界」昭和四二・二〜三）の三浦朱門ら第三の新人の活躍が目立ったのが五〇年代後半から六〇年代にかけてであり、注目すべきなのは、これらのほとんどが母性原理を軸にリアリティを創出している点だろう。

かつて文学史において傍流であった谷崎潤一郎が、志賀直哉にかわって主流と化したのは五〇年代後半以後であり、志賀直哉さえも母性原理を軸に再評価される。そうした時代の象徴的存在が安岡章太郎なので、初期の「順太郎もの」で彼は、戦時下の父親不在の家庭における母親と息子との肉感的な関係を一貫して描いてきた。

しかし、この母子の蜜月も、敗戦によって父親が外地から帰還し、経済的支えを失ったことで崩壊せざるを得ないので、「幕が下りてから」の永野謙介の一家は、親子三人がまったくバラバラに勝手な生き方をするようになってしまう。かかる家庭の崩壊を一挙に促進させたのが、画家の奥田夫妻にマタ貸ししてからで、それ以後はかつての濃密な母子の絆もまったく失われて、彼らどうし「他人」として相対化されざるをえなくなる。

この小説でおもしろいのは、奥田夫人睦子と主人公、それにまつわる母親の構図だが、その場合、主人公の謙介が庇護の必要な病人（肺患者）であるという設定は象徴的といえる。彼は生活無能力者の父親にかわって、一家の中心（父親的役割）になっているが、けっして庇護されたいというその幼児性を克服したわけではないので、その点、謙介の枕元にいつもドライ・ミルクの空罐が置き並べられてあるのはおもしろい。

家主の倉本が、三百代言式の弁護士とも用心棒ともつかぬ男などを引きつれて現われると、母親は、

「この子が、かうやつて寝たつきりなのに、どこにも引つ越すわけには行かないぢやありませんか」

と、ワタのはみ出たふとんの中で寝てゐる謙介を指さして言ふ。ミルクの空罐は、つまりさういふ病床にそれらしい雰囲気をそへる小道具といふわけだつた。だが、無邪気に微笑する赤ん坊の顔が印刷された罐の中から、景品としてゴム製の乳首が出てきたりすると、謙介はふと、熱にうかされた自分が無意識のうちに幼時に退行し、髭だらけの口に乳首をくはへてミルクを飲まされるやうになりはしまいかと、そんな幻想に悩まされた。事実、ほとんど一日ぢゆう寝てゐる彼の頭のなかは、さまざまの幻想でみたされてゐたが、その大半はハケ口のない性欲から生れたものに相違なく、生身の、温

かい、女の乳房を口いつぱい頰張る夢を、いつもどこかに持ちつづけてゐたといへる。ただ、具体的に、それはどんな女の乳房といふものでもなかつた。彼はいはば、としとつたコビトが子役の芸で一家をささへてゐるやうな気持で暮らしてをり、さういふ自分には一人前の大人の欲望は持つことを許されてゐないのだと考へてゐた。

しかし、「生身の、温かい、女の乳房を口いつぱい頰張る夢」は、最初から謙介に関心を示していた奥田夫人睦子によってかなえられるので、この良人と従兄弟で十いくつ違う若い人妻は、大胆不敵なかたちで謙介を誘惑する。この場合重要なのは、謙介の睦子夫人にたいする欲望が、「母」へのincestuousな感情の顕在化したもので、それは睦子の側でも逆の意味で同じだったことだろう。

この小説は、謙介一家の内輪の関係のなかに、奥田夫妻という「他人」が入ることで人間関係がこわれる過去の物語と、そのこわれた内密な絆を妻耀子との間に回復しようと願う謙介が、父親という「他人」の上京（同居）に不安をもつ現在の物語で成り立っていて、いずれも〈性〉の問題で家庭の崩壊に見舞われる点に特徴がある。後者では、謙介の留守中耀子の酌で酒を飲んで暴れた（?）ことのある父親が原因だが、被害者の耀子にかつての母の姿を重ね合わせ、陰湿な日本人の人間関係にひそむ恐怖の相をじつに見事に捉えていた。

小島信夫の「抱擁家族」も、「年上の女」との依存関係を軸に家庭の崩壊をシンボリックな手法で描いた秀作で、この場合は、妻時子の母性の崩壊（姦通―乳癌による死）が「家庭」の崩壊にそのままつながっている点注目される。主人公の三輪俊介は、「僕はこの家の主人だし、僕は一種の責任者だからな」とてれながら言っていたが、俊介に「父」らしい権威は薬にしたくもなく、すべてを時子に依存していた。

小倉千加子は、灰谷健次郎を批判した「共犯する父と娘」と題する文章（「群像」平成一・七）で、山田太一の「岸辺のアルバム」がドラマ化された一九七七年から「家庭崩壊」は始まった、といっている。一九七七年とは、ハングリーに替わってサースティな家庭が到る所に出現した年で、七〇年代後半に日本の主婦たちを襲ったこの上等な感覚を、夫たちは理解できないでいたというが、小島信夫はすでに、高度成長期のまっ只中で、衣食足った時に日本の主婦たちを襲った、贅沢な欠乏感覚としてのこうした渇きを描いていた。家庭の崩壊は、おそらく家庭における父性原理の消滅ということと密接にかかわっていて、これはそのまま、農本社会から産業社会への社会的土台の変動と対応していよう。

農本社会から産業社会（工業化社会）への土台の変化が顕著に現われるのは、高度成長期の六〇年代で、たとえば国際化の象徴ともいえる東京オリンピックの年（六四年）に、保田與重郎の『現代畸人伝』（新潮社）と林房雄の『大東亜戦争肯定論』（番町書房）が出版され話題を呼んだのも、それが明らかに高度成長への、アメリカ的物質主義への反撥を意味したからだ。そしてその究極が、七〇年の三島事件と二年後の連合赤軍事件で、後者について磯田光一（『左翼がサヨクになるとき』）は、戦前の非合法共産党の〈鉄の規律〉への回帰を意味するといったが、両者とも農本的共同体の消滅に対する絶望的な危機感の現われだろう。

三島由紀夫が自決した七〇年前後は、第三の新人に後続する内向の世代の台頭が目立った。「杳子」(「文芸」昭和四五・八)「妻隠」(「群像」昭和四五・一一)の古井由吉、「試みの岸」(「文芸」昭和四五・一〇)「青銅時代」(「波」昭和四八・一〜一二)の小川国夫、「時間」(「文芸」昭和四四・二)「走る家族」(「同」昭和四五・五)の黒井千次、ほかに阿部昭・後藤明生・高井有一らの進出があった。それよりも特筆すべきなのは女流作家の輩出で、『スミヤキストQの冒険』(講談社、昭和四四刊)の倉橋由美子、『回転扉』(新潮社、昭和四五刊)の河野多恵子、「栂の夢」(「文芸春秋」昭和四六・九)の大庭みな子をはじめとして、森万紀子・金井美恵子・吉田知子・富岡多恵子ら若い書き手の登場がつづいた。

しかし、新人作家がある程度共通の問題意識をもって集団で登場するのは内向の世代までで、彼ら昭和初年派の特色は脱イデオロギーであって、戦中派の第三の新人の傾向をさらに押し進めた感がある。彼らに共通するのは、ながい同人雑誌修業で、彼らはまぎれもなく自然主義以後のリアリズムの伝統の継承者なのだ。

わたしの考えでは、自然主義以来の描写のリアリズムを受け継いだのは『地の果て至上の時』(新潮社、昭和五八刊)の中上健次(四六年生まれ)と『火の河のほとりで』(講談社、昭和五八刊)の津島佑子(四七年生まれ)ぐらいまでで、同世代でも村上春樹(四九年生まれ)は感受性の質において六〇年安保以後の世代(六一年生まれ)の島田雅彦に近い。自然主義以来の日本の近代文学を〈原生活圏〉の文学と呼び、〈原生活圏〉を持たない自分たちにとって、東京は〈遊園地〉のようなものだと島田氏はいったが、超ベストセラーになった村上春樹の『ノルウェイの森』には、〈遊園地〉としての東京がじつに見事に捉えられている。フリーセックスやスワッピング、レズ、ポルノ映画、ビリヤードなど、ここには若者風俗のすべてがあるといっていい。しかし、「'80年代の漱石」と週刊誌で騒がれた彼に決定的に欠けているのは、漱石に見られる執拗なまでのエゴへの執着なので、ここではガールハントも女遊びでなくゲームであり、セックスも就職もまさしくゲームとして等価なのだ。

小倉千加子は、「岸辺のアルバム」がドラマ化された一九七七年に注目していたが、平穏に暮らす貞淑で従順な主婦が、見知らぬ男からの一本の電話に誘われて浮気をすることで亀裂を深めてゆくというこの筋は、情報化社会そのものの仕組みを暗示しているといえよう。わたしは、七六・七年を、工業化社会（生産社会）から情報化社会（消費社会）への転換の結節点と考えているが、生産社会である工業化社会では、父親が生産者としての役割と意味を持っているのに反し、消費社会である情報化社会では、父親以外の家庭の成員が主役なのだ。テレビのコマーシャルでないが、〈亭主丈夫で留守がいい〉わけで、ここでは縦の家族関係でなく、家族関係そのものを突きくずす横の情報化作用が強烈に働いている。

十数年前になるが、わたしは「現代文学にみる過剰と貧困」（「公明新聞」昭和六三・一一・一五）で次のように書いた。

ところで最近、「金色夜叉」や「たけくらべ」などの自然主義以前の明治の小説を精読する機会を持ったが、レトリックとして風俗をとり込んで行くこと、それが作者の凹型の自我構造とそのまま対応している点で、村上春樹や島田雅彦、「優雅で感傷的な日本野球」で、三島由紀夫賞を受賞した高橋源一郎などと驚くほど似ている、と思った。秋山駿は、十月二十四日付「毎日新聞」の文芸時評で、今回、新潮新人賞を受けた上田理恵の「温かな素足」を取り上げ、二人の男への錯綜した恋愛心理を描いたこの小説の急所として、次の文章を挙げている。

　私は、いつの間にか聡と浩二のふたりの存在で透かした自分を見ていた。私がほんとうに感情を動かしている相手は、聡でも浩二でもなく、透かして見える私自身であるような気がする。私は私でありながら同時に聡であり、浩二であり、その誰でもない。

秋山氏はつづけて、「自分とは誰なのだろうか？　誰でもないのである。こういう生の大気圏の中に、われわれは入りつつあるところだ」と付記しているが、この小説が手がたいリアリズムの筆法で描かれているだけに、いっそう強く、「自我」不在、といって悪ければ現代の凹型の自我構造を浮彫りにしているといえよう。

　島崎藤村の『破戒』にはじまる日本の近代リアリズムは、典型的なエゴの文学といってよく、天皇制のヒエラルキーのもとでの硬質な社会のしくみのなかで、凸型のエゴは生きるための悪戦苦闘を重ねねばならなかった。いかに生くべきか、が一九世紀西欧文学を受け継いだ日本の近代文学の重い主題であったが、六〇年安保以後の農本社会から産業社会への構造転換に対応する自我の弱小化は、辛うじて風俗を取り込むことによってリアリティを持ちえているわけだ。わたしは、村上春樹・高橋源一郎・島田雅彦などの文学傾向を、新しい硯友社文学の台頭として捉え、その特徴を、風俗への自我の拡散として押えているが、今日のおびただしい言葉の氾濫が、自我不在ということと見合った現象であるのを忘れてはならないだろう。「無重力」（秋山駿）な現実のなかでいかにして「花」を咲かせるか、いま日本文学は新たな試練を迎えているのだ。

以上の現代文学の状況の認識は、現在でも間違っていないと思う。筒井康隆の『文学部唯野教授』では、登場人物は饒舌のための方便であって、ここでは小説自体がゲーム化されている。

初出文献一覧

第一部　情報化社会と文学

Ⅰ　純文学の死　「現代文学史研究」第一集（平成一五・一二）

Ⅱ　芥川賞の新人小説　「現代文学史研究」第二集（平成一六・六）

Ⅲ　「新選組」と時代小説（原題「『新選組』をめぐる断章」上）「現代文学史研究」第三集（平成一六・一二）

Ⅳ　変革期の様相（原題「『新選組』をめぐる断章」下）「現代文学史研究」第四集（平成一七・六）

Ⅴ　純文学と推理小説　「現代文学史研究」第五集（平成一七・一二）

Ⅵ　『雁の寺』から『金閣炎上』へ（原題「純文学と推理小説」下）「現代文学史研究」第六集（平成一八・六）

第二部　大衆化社会　作家と作品

Ⅰ　〈演技〉と〈道化〉――三島由紀夫と太宰治　『国語国文学論叢』（昭和六三・一〇　郡書）

Ⅱ　太宰治の『トカトントン』――『喜びの琴』と対比させて「太宰治４」（昭和六三・七　洋々社）

Ⅲ　坂口安吾の説話小説『閑山』「国文学　解釈と鑑賞」（平成五・二　至文堂）

Ⅳ　谷崎潤一郎の『鍵』――敏子という存在　「国文学　解釈と鑑賞」（平成一三・六　至文堂）

Ⅴ　三島由紀夫の『美しい星』（原題「美しい星」論ノオト）『幻想文学　伝統と近代』（昭和六四・五　双文社出版）

Ⅵ　屹立する幻想空間　安部公房　「人物評論」（昭和四八・七　ＩＮ通信社）

Ⅶ　中上健次　〈父性〉の再生を索めて　「日本及日本人」（平成一一・八　日本及日本人社）

附　近代リアリズムの展開と変質　『近代文芸新攷』（平成三・三　新典社）

あとがき

日本における大衆化社会の発現は一九二〇年代で、四五年（昭和二〇）八月の敗戦による天皇制とそれに対応した家父長制の崩壊、五〇年代後半以後の驚異的な経済成長とそれにともなう農本社会から産業社会への社会構造の転換は、日本自然主義の申し子ともいうべき作者イクオル私《わたくし》小説の核ともいえる農本主義的イデオロギーの生んだ「自我」神話を根底から葬り去った。この経緯については、「附」として収録した「近代リアリズムの展開と変質」やその他の論考でも触れているが、安保騒動ではじまる六〇年代は、日本の大衆化社会のまさにバラ色の幻想に酔った繁栄の一時期で、それに反逆したのが時代の寵児であった三島由紀夫の自決であり、それにつづく連合赤軍事件だった。しかし、彼らのデスペレートな行動が薔薇《バラ》（未来）を指向したものでなく、逆に、失われた農本的共同体（鉄の規律）への回帰衝動を内に秘めていたのは言うまでもない。巻頭の山田太一「岸辺のアルバム」と村上龍『最後の家族』は、七〇年代後半以後の情報化社会の出現で、六〇年代の高度成長の生んだ家族《マイホーム》主義の崩壊を告げる画期の作といえよう。もちろん、情報化社会というのは、大衆社会のより高度に発達した機能的社会で、ここでは人間の孤立化が促進され、「心《こころ》」の問題が突出してくる。

第一部の連載は、その時々のtopics《トピックス》を捉えて書いたもので、たとえば第一三〇回（平成十五年度下半期）芥川賞受賞作の「蛇にピアス」（金原《かねはら》ひとみ）、「蹴りたい背中」（綿矢《わたや》りさ）の二作を「芥川賞の新人小説」と題して扱ったのは、前者が十九歳、後者が二十歳の史上「最年少芥川賞作家の誕生」として話題を呼んだから。それに両者とも最近の若者風俗を描いていて、かつての日本文学の伝統とどうつながるのか、考えてみたかった。

つづく「『新選組』と時代小説」「変革期の様相」は、「『新選組』をめぐる断章」（上、下）として連載されたもので、そのきっかけは新選組がテレビでドラマ化され放映されたからだ。「なぜ、いま、新選組なのか」と考えつづけ、小生自身、武州の幕府の天領に生まれ、最近まで、八王子の大学に通っていたので、その都度、浅川はバスで渡った。もっと突きつめると、幕末の激動期、剣に生き夭折した沖田総司は、その純粋さと律儀さで、同じように暴力に生き惨殺された「蛇にピアス」のアマと瓜二つなのである。極端にいえば、幕末維新の変革期を生きた若者沖田総司と、激変する現代風俗の尖端を生きた「蛇にピアス」のアマとは、心情的に等価なのだ。

「第一部」最後の「純文学と推理小説」「『雁の寺』から『金閣炎上』へ」は、推理小説を軸とした〈続き物〉だが、中村光夫が「観念的私小説」と評した三島由紀夫の中期の名作「金閣寺」と、水上勉が、故郷を同じくし、同じ相国寺派で修業をし、一度だけ会ったことのある林養賢《はやししょうけん》が、なぜ金閣を焼かねばならなかったかを徹底して調べて書いた「金閣炎上」を読み較べて、「金閣寺」以後、ひたすら死に向って疾走せざるを得なかった三島由紀夫の真実が何やら見えてきた感じがした。「批評」復刊（昭和四〇・四）の際、村松剛が三島を同人に迎え入れ、あの談論風発ぶりと高らかな哄笑を実見したが、ジョン・ネーサンよりも早く、批評家の勘で、『禁色』の第一部と第二部との間に、ジッドのいわゆる「アルジェリア」（三島の場合はブラジル）体験が、サンドイッチのように挟まっている、と指摘した佐伯彰一の眼力の卓抜さを思う。

一方、村松剛は三島の死後、彼のホモセクシュアリティについて結着が付けられず、心情的にかなり揺れていたようだ。一九五〇年代後半からの付合いである小生には、それが痛いほどよく分った。もちろん、対外的には、三島由紀夫ホモセクシュアリティ説を全否定していたが、ほんとうは剛《ごう》さんほどの明敏な男に三島の翳《かげ》の部分が見通せなかったはずがない。ヴァレリーのように無垢で純粋で、友情に厚い彼には、三島をダーティー・イメージで塗りつぶすことが許せなかったのだ。彼は最後の大作『三島由紀夫の世界』でも、一貫して三島ホモ説を否定し、独自の三島神話を創出した。

佐伯彰一は、最近作を収めた評論集『作家伝の魅力と落とし穴』(平成一八・三)で、最初の『メルヴィル伝』の著書レイモンド・ウィーヴァーを「ホモセクシュアル」と名指した「富士登山記」のダイアナ・トリリング自身、ホモであったと書いている。これとまったく同じパターンが、折口信夫をモデルに、同性愛者のこの碩学《せきがく》を辛辣に戯画化した三島の短篇「三熊野詣」で、佐伯氏は、三島由紀夫の晩年の武道、マラソン、さらには軍事訓練へのフシギなほどの集中ぶり、以前から目立っていた彼のあの高らかな、人もなげな「哄笑ぶり」というのも、ほとんど本能的に身につけた「自己防衛」の手段だった、と断言している。わたしに言わせれば、三島の『日本文学小史』の原型は明らかに保田與重郎なのだが、深層に立入られるのを嫌った三島は、民俗学と類縁の深い保田さんを本能的に否定、誹謗していた。保田さんほど寛容な、大学者はいないのに。

第二部は比較的近作を収めたが、「人物評論」(昭和四八・七)という大判の雑誌に書いて未収録の

「屹立する幻想空間　安部公房」のようなのもある。これと、「三島由紀夫の『美しい星』」、「中上健次〈父性〉の再生を索めて」はぜひ読んでもらいたい。

出版については、若年の頃からお世話になった至文堂さんにお願いした。先々代の故佐藤泰三社長にはとくに目を掛けていただいた。わたしの四十代は、現社長川上潤氏もまだお若く、拙宅へもよく見えられた。先日、久し振りにお会いして感慨を新たにした。

小生は現在、現代文学史研究所というのを主宰しているが、そこで機関誌「現代文学史研究」の表紙のイラストを担当している若い画家の安藤聡君に本書の装幀をお願いすることになった。川上社長が快く引受けられたのである。校正は、研究所の若手研究者、山根正博・高山京子・玉井有紀子の三人に手伝ってもらった。この本がいくらかでも現代文学史研究の活性化に貢献できれば、と願う。

二〇〇六年八月

大久保典夫

〔著者略歴〕

1928年（昭和３），埼玉県幸手《さって》市に生まれる。

昭和26年，早稲田大学国文科卒業。昭和31年，同文学部大学院（旧制）修了。

文学博士，東京学芸大学名誉教授，創価大学名誉教授。現在，現代文学史研究所所長。

主な著書に『岩野泡鳴』『転向と浪曼主義』『昭和文学史の構想と分析』『革命的ロマン主義者の群れ』『岩野泡鳴の時代』『昭和文学の宿命』『耽美・異端の作家たち』『物語現代文学史　1920年代』『現代文学史序説　文体と思想』『岩野泡鳴の研究』など。

編著書に『谷崎潤一郎「シンポジウム」日本文学16』『昭和批評体系　全五巻』『戦後文学論争　上・下』『岩野泡鳴全集全十六巻　別巻一』他。

大衆化社会の作家と作品

2006年11月30日　発行　大久保典夫《おおくぼつねお》 著　発行所　至　文　堂

東京都新宿区西五軒町4-2　03(3268)2441（営業）　発行人　川　上　潤

印刷・製本　大日本印刷株式会社　ISBN4-7843-0265-4　C3095